U0959453

把地上的事
往天上聊

刘亮程——著

译林出版社

图书在版编目（CIP）数据

把地上的事往天上聊 / 刘亮程著. —南京：译林出版社，2022.4
（刘亮程作品）
ISBN 978-7-5447-9084-0

Ⅰ. ①把… Ⅱ. ①刘… Ⅲ. ①散文集 - 中国 - 当代 Ⅳ. ①I267

中国版本图书馆 CIP 数据核字（2022）第 036888 号

把地上的事往天上聊　刘亮程 / 著

责任编辑　焦亚坤
装帧设计　朱赢椿　杨杰芳
封面绘画　大唐卓玛
校　　对　蒋　燕
责任印制　颜　亮

出版发行　译林出版社
地　　址　南京市湖南路 1 号 A 楼
邮　　箱　yilin@yilin.com
网　　址　www.yilin.com
市场热线　025-86633278
排　　版　南京展望文化发展有限公司
印　　刷　苏州市越洋印刷有限公司
开　　本　880 毫米 ×1230 毫米　1/32
印　　张　9
插　　页　4
版　　次　2022 年 4 月第 1 版
印　　次　2022 年 4 月第 1 次印刷
书　　号　ISBN 978-7-5447-9084-0
定　　价　58.00 元

版权所有 · 侵权必究
译林版图书若有印装错误可向出版社调换。质量热线：025-83658316

目录

辑一

那个让我飞起来的梦

从家乡到故乡

互　生

家乡是母腹把我交给世界，也把世界交给我的那个地方。她可能保存着我初来人世的诸多感受。在那个漫长生命开始的地方，我跟世界或许相互交代过什么。一个新生命来到世上，这世界有了一双重新打量她的眼睛，重新感受她的心灵，重新呼喊她的声音。在这新生孩子的眼睛里，世界也是新诞生的，说不上谁先谁后，谁接纳了谁。一个新生命的降生，也是这个世界的重新诞生。这是我们和世界的互生关系。

这个关系是从家乡开始的。

家乡在我睁开眼睛的一瞬间，几乎用整个世界迎接了我。家乡用它的空气、阳光雨露、风声鸟语，用它的白天黑夜、日月替换来迎候一个小小生命的到来。假如这个世界还有什么的话，家乡在我出生的那一刻，已经全部地给了我。从此家乡一无所有。家乡再没有什么可以给我了。

而我，则需要用一生的时间，把自己还给家乡。

厚　土

家乡住着我的父亲母亲、爷爷奶奶，住着和我一同长大、留有共同记忆的一代人，还住着那些他们看着我长大、我看着他们长老直到死去的那一代人。家乡是我祖先的墓地和我的出生地。在我之前，无数的先人死在家乡，埋在家乡。每个人的家乡都是个人的厚土，这个厚，是因为土中有我多少代的先人安睡其中，累积起的厚。

先人们沉睡土下，在时序替换的死死生生中，我的时间到了，我醒来，接着祖先断了的那一口气往下去喘。这一口气里，有祖先的体温、祖先的魂魄，有祖先代代传续到今天的精神。

所有的生活，都是这样延续来的。每个人的出生都不仅仅是一个单个生命的出生。我出生的一瞬间，所有死去的先人活过来，所有的死都往下延伸了生。我是这个世代传袭的生命链条的衔接者，这是多么重要啊。因为有我，祖先的生命在这里又往下传了一世，我再往下传，就叫代代相传。

这便是家乡。它在浑然不知中，已经给一个人注入了这么多的东西。长大以后，我会有机会，回过头来领受家乡给我的这一切。领受家乡的一事一物，领受家乡的生老病死和生生不息，领受从我开始、被我诞生出来的这个家乡，是如何地给了我生命的全部知觉和意义。

醒　来

我的散文集《一个人的村庄》，写的就是我自小生活的村庄。当时我刚过三十岁，辞去乡农机管理员的工作，孤身一人在乌鲁木齐打工。或许就在某一个黄昏，我突然回头，看见了落向我家乡的夕阳——我的家乡沙湾县在乌鲁木齐正西边，每当太阳从城市上空落下去的时候，我都知道它正落在我的家乡，那里的漫天晚霞，一定把所有的草木、庄稼、房屋和晚归的人们都染得一片金黄，就像我小时候看见的一样。

或许就是在这样的回望中，那个被我遗忘多年，让我度过童年、少年和青年时光的小村庄，被我想起来了。我把那么多的生活扔在了那里，竟然不知。那一瞬间，我似乎觉醒了，开始写那个村庄。仿佛从一场睡梦中醒来，看见了另外一个世界，如此强大、饱满、鲜活地存放在身边，那是我曾经的家乡，从记忆中回来了。那种状态如有天启，根本不用考虑从哪写起。家乡事物熟烂于心，我从什么地方去写，怎么开头，怎么结尾，都可以写成这个村庄，写尽村庄里的一切。

这样一篇一篇地写了近十年时间，从九十年代初写到九十年代末，我完成了《一个人的村庄》。

这是家乡在我的文字中的一次复活。她把我降生到世上，我把她书写成文字，传播四方。我用一本书创造了一个家乡。

先 父

《一个人的村庄》写完之后，我已经三十六岁了。我一直想给我早年去世的父亲写一篇文章，可是一直无法完成。

先父在我八岁那年不在了，我忘记了他的长相，想不起一点有关他的往事。家里曾有过一张照片，母亲抱着我，先父站在旁边，一副瘦弱的文人相，后来这张唯一的照片也丢了，就这样一个没有一丝印象的父亲，我不知道该如何去写。

每年清明节，我们都要去给父亲上坟，烧几张纸，临走前跪着磕个头，说父亲，我们来过了，求他给家人保佑平安。女儿逐渐长大时，我也经常带她去上坟，让女儿知道她有一个没见过面的爷爷，一个没有福气听她叫爷爷的爷爷。

怎样去写这样一个先父，一直梗结于心。先父是三十七岁时不在的，我也到了先父去世的年龄，突然就想，过了三十七岁这一年，我就比我父亲都大了。那时回想早年丧失的父亲，或许就像回想一个不在的兄弟。再往后，我越长越老，父亲的生命停留在三十七岁不走了。尤其到了四十岁这个阶段，前不着村，后不着店，生命被悬浮在那儿，即将步入中年、老年，我不知道老是怎么回事。

假如家里有一个老父亲，他在前面蹚路，我会知道自己五十岁的时候是什么样子。因为父亲在前面活着呢。我五十岁时，父亲七十多岁，那就是二十多年后的我自己。他带着我往老年走，你跟着他，一步一步地离开青年、中年，也往老年走，我会在他身上看见自己的老。

可是，我没有这样一个老父亲，四十岁以后的人生一片空茫，少了一个引领生命的人。

我一直在这样一个困惑中，不知该怎么去写这个父亲。

直到后来，我带着母亲回了趟甘肃老家，获得了一次“接近”父亲的机会，才完成了《先父》这篇文章。

后　继

我们家是1961年“三年困难”时期，从甘肃酒泉金塔县逃饥荒到新疆。父亲当时在金塔县一所学校当校长，母亲做教师，两人的月口粮三十多斤，家里还有奶奶和大哥，一家人实在吃不饱肚子，父亲便扔了工作，带着全家往新疆跑。那个饥荒我没有经历，我是在他们逃到新疆的第二年出生的。

那年我带母亲回甘肃老家。母亲逃荒到新疆四十年，第一次回老家。我们从父亲工作过的金塔县城，到他出生长大的山下村，在叔叔刘四德家落脚。我的一个奶奶还活着，住在叔叔家前面，是叔伯家的奶奶，八十多岁了，老人家拉着我的手说，你的模样和你父亲像，说你父亲是1961年阴历几月初几回过一次家，把家里东西都卖了，房子也卖了，说是要去新疆。奶奶说的日期全是阴历，她一直活在旧历年中。临走时奶奶给我一个绣花鞋垫，她亲手绣的，我还一直保留着。

叔叔便带我们去上祖坟。我们刘姓在当地是大家族，以前有祖坟，逐渐来的人太多了，去的人也多，去的人占来人的地方，土地不够用，村里重新分配土地，就把一些祖坟平掉种地了。

我们刘家的祖坟，我父亲这一支的，都迁到叔叔家的耕地中间。爷爷辈以上先人合到一座墓里，祖先归到一处，墓前有祖先灵位。剩下爷爷辈的、父亲辈的坟都单个有墓。

叔叔带着我走进坟地，说，这是归到一起的祖先灵位。我跪下，磕头，上香。说后面是你爷爷的坟，旁边是你二爷的，你二爷因为膝下无子，从另外一个兄弟那里过了一个儿子过来，顶了脚后跟。

顶脚后跟原来是这么回事。一个人膝下无子，会从自家兄弟那过继一个儿子来，待你百年后埋在地下，有人给你上坟扫墓，将来过继来的儿子去世，就头顶你的脚后跟埋在一起，这叫“后继有人”。

我这才知道后继有人的人不是活人，是顶脚后跟的那个土里的后人。

叔叔又指着我爷爷的坟说，你看，你爷爷就你父亲一个独子，逃荒到新疆，把命丢在新疆没回来，后面这个地方，还留着。

叔叔接着说，你父亲后面那块地就是留给你们的。

这句话一说，我的头突然轰地一下，空掉了。

觉得自己在外面跑那么多年，我父亲带着我们逃荒千里到新疆，父亲把命丢在了新疆，但是我爷爷后面的位置还给他留着。我在新疆出生，又在外求学，好像把甘肃酒泉那个家乡给忘掉了，那个家乡好似跟自己没有关系了。但是，祖坟上还有一个位置给我留着。当我过完此生，还有一段地下的生活。在地下的祖先还需要我，等着我去顶脚后跟，后继有人。

我们要走的时候，叔叔拉着我的手说，亮程，我是你最老的叔叔了，你的爷爷辈已经没人，叔字辈里面剩下的人也不多了，等你下次来，我不在家里就在地里。

我明白他说的是跟祖先埋在一起的那个地里，我叔叔说这些话的时候轻松自若，仿佛生和死没有界限，不在家里就在地里，只是挪了个地方。在我叔叔对死亡轻描淡写的聊天中，死亡是温暖的，死和生不是隔着一层土，只是隔着一层被他轻易捅破又瞬间糊住的窗户纸。

温　暖

我原以为甘肃的那个老家，只是我母亲的家乡，是我死在新疆的父亲的家乡，它跟我没有关系，我是在新疆出生长大的。可是，当我站在叔叔家麦田中那块祖坟上的时候，我突然觉得，它是我的家乡。

小时候见到坟头害怕，当我坐在老家祖坟地，坐在叔叔给我留下的那块空地上，竟觉得那么温暖，像回到一个悠远的家里。

我想，即使以后我离开世间，从那个村子里归入地下，跟祖先躺在一块，好像也不会失去什么，那样的归属就在自己家的田地中，坟头和村庄相望，亲人的说话声和喊叫声时时传来，脚步声在坟头上面来回走动，一年四季的收成堆在旁边，那样的离世，离得不远，就像搬了一次家。

我们没有像基督教那样建造一个天堂，但是，我们在家乡构筑了一方千秋万代的乡土，这乡土包含我们的前世今生，过去未来，这个能够安顿我们身体和心灵的地方，就是我们的家乡。

复　活

从老家回来后，我找到了写先父的知觉。我从那个家乡的厚土中，把父亲找了回来，我也从祖先、爷爷到父亲那样一个家族血脉中，找到了我自己的位置。突然之间，觉得我可以跟父亲对话了，他活了过来。

《先父》的第一句就这样开始叙述："我比年少时更需要一个父亲，他住在我隔壁，夜里我听他打呼噜，费劲地喘气。看他弓腰推门进来，一脸皱纹，眼皮耷拉，张开剩下两颗牙齿的嘴，对我说一句话。我们在一张餐桌上吃饭，他坐上席，我在他旁边，看着他颤巍巍伸出一只青筋暴露的手，已经抓不住什么，又抖抖地勉力去抓住。听他咳嗽，大声喘气——这就是数年之后的我自己。一个父亲，把全部的老年展示给儿子，一如我把整个童年、青年带回到他身边。可是，我没有这样一个父亲。”

一段一段地写，给早已不在的父亲去诉说。当我写完时，我把这个早年丧失的父亲从时间的尘埃中找了回来，同时我也找回来一个遗失的家乡。

家　谱

家乡是跟我们血肉相连的那个地方。回到家乡，便知道自己是谁了。上有老下有小。往上有我叫爷爷的，往下有别人叫我爷爷的，我在中间。这就是一个人在家庭中的地位。找到这样一个位置，一个家族体系便构架了起来。

我在甘肃酒泉老家的叔叔家，看到了刘家家谱，小楷毛笔字写在一块大白布上。叔叔告诉我，这是我父亲抄写的。我第一次看见父亲写的字，端庄力道，每一笔都写了进去。

父亲抄写的刘氏家谱，自四百年前，祖先从山西大槐树迁入酒泉开始记起，顶头孤零零立着最早来到酒泉的那位祖先，他是一个人，一根独苗，但他下面跟了四个儿子，生命开始分叉，四个儿子又各自生出儿子，分叉出更多支脉。四百年里那位刘姓祖先的子孙，已经繁衍成一个庞大的根系。我看着写在那块白布上的家族谱系，那样的排列形式，就是一棵大树的繁茂根系。这个谱系里的所有名字代表的人，都在土里，都结束了地上的生活，回到这个家族的根部。而土之上对应的，该是这个巨大根系连接的一棵参天大树。那棵树的主干是在世的爷爷辈，枝杈是父亲辈，儿孙辈在繁茂的树梢上，继续分枝展叶。

我父亲抄写这份家谱时，二十来岁，是家族供养出的唯一懂文墨的秀才，他那时不会想到自己会在不久的饥馑年逃荒到新疆，颠沛流离，把命丢在异乡。但是，他一定知道自己在家谱中的位置。我在叔叔后来整理的装订成册的家谱中，看见了父亲的名字，他已经安稳地回到族谱了。

我也知道自己的名字迟早会被写在那里，跟在父亲的名字后面，这个不急，我走进族谱还有很远的路。但是，不论我走到哪里，我都会回到这册家谱里，回到刘氏家族的厚土根部。

归　入

这是我们中国人的家乡，在土上有一生，在土下有千万世。厚土之下，先逝的人们，一代头顶着上一代的脚后跟，在后继有人地过一种永恒生活。

因为有他们在，我们地上的生活才踏实。在那样的家乡土地上，人生是如此厚实，连天接地，连古接今。生命从来不是我个人短短的七八十年或者百年，而是我祖先的千年、我的百年和后世的千年，世代相传。

有家乡的中国人，都会有这样的生命感觉，千秋万代都是我们的血脉。未出生之前，我已在祖先序列中，是家乡土地上的一粒尘土。待出生后，我是连接祖先和子孙的一个环节。

家乡让我把生死融为一体，因为有家乡，死亡变成了回家；因为有家乡，我可以坦然经过此世，去接受跟祖先归为一处的永世。

故　乡

每个人的家乡都在累累尘埃中，需要我们去找寻、认领。我四处奔波时，家乡也在流浪。年轻时，或许父母就是家乡。当他们归入祖先的厚土，我便成了自己和子孙的家乡。每个人都会接受家乡给他的所有，最终活成他自己的家乡。每个人都是他自己的家乡。身体之外，唯有黄土。心灵之外，皆是异乡。

家乡在土地上，在身体中。故乡在厚土里，在精神中。

我们都有一个土地上的家乡和心灵精神中的故乡。当那个能够找到名字、找到一条道路回去的地理意义上的家乡远去时，我们心中已经铸就出一个不会改变的故乡。

而那个故乡，便是我和这个世界的相互拥有。

2018.5.8

鲁迅文学院，北京

寒风吹彻　现世温暖

今天给大家讲我的文章《寒风吹彻》的写作背景，以及我对人生的寒冷、死亡等终极命题的思考。

《寒风吹彻》这篇文章，写于1996年的冬天，那时我三十四岁。三年前，我辞去沙湾县乡农机管理员的职务，在乌鲁木齐打工。刚来乌市打工时，我还一头乌发，前额的头发能遮住眼睛，仅仅几年时间，就谢顶了。谢顶是头发的谢幕。当那些黑发一根根从头顶脱落的时候，我真的不知道自己的生命中发生了什么，头发不告诉我它因何脱落，只是额头有了一种光秃秃的感觉。

刚谢顶那会儿，还有一丝裸露的羞涩和不好意思，后来也就渐渐习惯了。

我记得在一个大雪纷飞的黄昏，我茫然地走在乌鲁木齐的街道上，寒风携裹着雪片，吹打在我裸露的额头上，那一刻，仿佛这个世界所有的寒冷，都堆砌在我一个人身上，那些被我忘记的寒冷也全部袭来。回到宿舍后，我写了《寒风吹彻》这篇文章，收录在最早出版的《一个人的村庄》里。后来，在这个世纪初，被选入苏教版中学语文课本。

《寒风吹彻》收入语文课本，成了当时网络上的一个语文事件，各种讨论反响都有。有教师认为这篇文章过于寒冷，可能不适合这个年龄的学生阅读。但是，有那么多的老师喜欢它，做了一份又一份别开生面的教学课件，有那么多的学生被感动，我在自己的博客中看到好多学生的留言，他们把《寒风吹彻》当作中学时期最刻骨铭心的一篇课文。

在你们这个年纪，人生的寒冷和死亡都遥不可及。你们只是经历家人、亲人、熟人和陌生人的死亡。

对于个人来说，死亡是一件不存在的事情，我们活着时看见和经验的都是别人的死，自己的死远未到来，或者说我们到老都走不到自己的死亡跟前，死亡是另一重天，活着时我们不知道它是什么，死后又什么都不知道了，无法把死亡的感受和消息，传递给活着的人，那是完全隔绝的两个世界。

就在去年冬天，我在村里经历了一个老太太的死亡。

这个老太太住在我们书院后面的路边上，每次经过时都会看到老人家坐在墙根晒太阳，我还想着等我闲下来，过去跟这个老人家聊聊天，她的头脑中一定装着这个村庄的许多故事，一定有那么多没有说出的微笑和眼泪。但是，我永远错过这个机会了。

老太太的丧事一下子来了好多人，路边停满了大车小车，从车牌号看，有来自本地的、自治区首府的和其他地州的。这个荒寂了多少年的只有两个老人居住的破院子，一下有那么多人进进出出，仿佛是被他们忘掉的一个家，突然人都回来了。

葬礼举办了三天三夜。

来参加葬礼的有老太太同辈的兄弟姐妹，都老了，儿女陪着过来。再上辈或许没人了。有儿女的同事朋友，远远近近的亲戚，再就是本村的男女老少。他们中的绝大多数，是不会在老人活时来看她的。活着是她个人的事，小事。死了就成为全家族全村庄的事，大事。

生为小，死为大。

我们是向死而生的民族，一切的生，都向死而准备。

站在这个老人的葬礼上朝回看，她一生中有过多少跟自己有关的礼仪场面啊，出生礼、成年礼、婚礼、寿礼，到最后的葬礼，一个比一个热闹。最后那个自己看不见的由别人来操办的葬礼应该最为隆重，从这个隆重的葬礼望回去，一生中所有的礼仪似乎都是为最后的葬礼做的预演。

由此，体面地操办一场葬礼，也是活着的人的一个心愿。尤其在村里，这样的心愿体现在人们参加葬礼的热心上。老人在上，谁都要送老。谁家的老人不在了，知道的人都会去送。这叫帮忙，积攒人情。为自己家人的老、自己的老，积攒足够的体面和场面，最后成功地办成一场葬礼。

这就是我们身边一个普普通通的人的一生。从一个村庄到一座城市，到一个国家，我们都在这样活、这样死。

《寒风吹彻》写到了人生的寒冷与死亡。写这篇文章时，我三十多岁，还年轻，但是已经到了能够感知人生寒冷与死亡的年龄。

文中写了四个人物。

第一人称的“我”，在三十岁这一年的冬天，看着大雪降临到村庄田野。

“雪落在那些年雪落过的地方”，文章第一句，给全篇营造了一种特别的氛围，在这场漫天大雪落在村庄、落在我的院子之前，已经有许多年的雪落在这里。多年的雪积累在一个人的生命中，每一场雪背后都有无数的落雪，每一年的落雪之外，都有几十年、百年、千年的落雪。这一句话，把文章带入一场铺天盖地、经年累月的大雪中。

三十岁的我，在这个冬天回忆自己经过的半世人生，用那双冰冷的手，从头到尾抚摸自己的一生。想到自己处在自然界的一个寒冷冬天中。这样的冬天有可能过去。但是，人生中还有一种冬天，叫生命的冬天，正在一步步到来。当一个人的生命像荒野一样敞开时，他便再无法管好自己。每个冬天的大雪，看似过去了，其实都在生命的远处飘。每个冬天的寒冷看似被暖过来，但是它还在生命中残留。如果生命是一个大院子，一生中的每一扇门，我们都无法关好，每一扇窗，我们都不能完全掩住。寒冷总是通过那些看不到的缝隙，侵蚀你的生命。

这是文章中的第一重寒冷。

第二个人物是我目睹的冻死在村里的一个外来乞讨者，我在前一天还让他到屋里烤火。但是，他的寒冷，显然不是一小炉火可以烤暖。第二天，我看到他倒在残雪中，半边身体被积雪掩埋。他被生活和寒冬彻底冻透。

第三个人物是我的姑妈，她年老多病，一到冬天就蜷缩在屋里，围着小火炉，她总是担心自己过不了冬天，她在自己的冬天里盼望春天来临。其实，她的生命中或许已经没有春天，那个自然界的春天，只是来到大地上，来到别人的生活中，她的生命已进入无法转暖的寒冬，但她还是渴望春天。姑妈死在了一个我不知道的冬天。这是文章中的第三场寒冷。

第四个人物是我的母亲，她如今七十多岁，跟我们一起生活。母亲二十多岁时生了我，我在她身边待了五十年，半个世纪，几乎从她最年轻的时候，看到最老，我是看着她长老的。但是，当我看着身边的年老的母亲，竟然一点都想不起她年轻时候的样子，仿佛她很早就老了，在我一两岁的时候她就老了，她的年轻被自己过掉，又被她的儿子忘掉。

母亲生了七个儿女，个个孝顺，她的老年生活应该是非常幸福的。可是，作为她的儿子，我知道，我们对她所有的关爱和孝顺，都不能抵挡时间中那个寒冬，它早已来到母亲的生命中。每当我看见母亲的鬓发斑白，病弱身体，我便知道她正一年年地走进自己的寒冬，在她的生命里，那些雪开始不化，日子不再转暖。就像文中所写“落在一个人一生中的雪，我们不能全部看见，每个人都在自己的生命中，孤单地过冬，我们帮不了谁”。

这是文中的第四场寒风，还未吹彻，但已彻骨。

行文至此，屋外的大雪和生命中的寒风，已然交汇在一起。雪越下越大，这场自然界的大雪，它每一年都落，我们每一年都躲不过去。自然界用这样铺天盖地、让每个人都躲不过去的一场场大雪，从我们的童年开始落起，落到青年、中年、老年，在它的凛冽寒冷中我们长岁数，增添承受寒冷的勇气和能力。

这篇文章固然有彻骨之寒，但是，正因为有一场一场的寒冷，我们等来了寒冷后面的那个春天。一个又一个黑夜之后，我们等到了黎明。尽管冬天过去，还会有寒冬，我们从这周而复始的寒冷中，学会了坦然接纳这一切。

大雪覆盖，大雪并未覆盖掉一切。寒风吹彻，寒风并未彻骨所有生命。村庄里还有燃烧的火炉，还有年轻年老的生命在过冬，尽管每个冬天都有人被留住，下一个春天的大地不再有他的脚印，空气中不再有他的呼吸，但是春天依旧来到大地上，来到所有蓬勃生长的生命中。

知道生命终有一个走不出去的寒冬，知道人世间所有的温暖都抵不过那场最后的寒冷，所以坦然地去走，走过所有开花的春天和落叶的秋天。

坦然，是我们在世间获得的最为珍贵的温暖。

2017.11.12

清华大学，北京

树叶与尘土之间

二十年前，我写过一本很有名的书，叫《一个人的村庄》。当时，我从乡下进城，到乌鲁木齐打工，在一家报社当编辑，每个月拿着四百五十块钱的工资，奔波于城市。我记得，每天能吃一盘拌面，浑身便充满了力量。那时我刚到三十岁，我还有未来，对生活充满了想象。晚上坐在宿舍的灯光下，在一个用废纸箱做的写字台上，开始写我的村庄文字。

现在回想起来，我的那些村庄文字，就是我离开家乡，在城市奔波的日子里，可能偶尔在某个黄昏，一回头，看见了我的那个村庄，那个我把童年和少年扔在了那儿的小村庄。仿佛是一场梦，突然觉醒了，我开始写它。

写什么，那样一个扔在大地的边缘角落，没有颜色，只有春夏秋冬，没有繁荣，只有一年四季的荒僻村庄，能够去写什么。那么，我回过头去看我的村庄的时候，我看到的比这都多。我没有去写村庄的劳作，没有去写春种秋收，我写了我的童年，我塑造了一个叫“我”的小孩。写了一场一场的梦，这个孤独的小孩，每天晚上等所有的大人睡着之后，他悄然从大土炕上起来，找到自己的鞋子，找到院门，独自在村庄的黑暗中行走，爬到每一户人家的窗口，去听，听别人做梦。

然后，写一场一场的风吹过村庄，把土墙吹旧，把村庄的事物吹远，又把远处的东西带到这个村庄。我写了一片被风吹远的树叶，多少年后，又被相反的一场风吹回来，面目全非，写了一片树叶的命运。

我塑造得最成功的是一个闲人，不问劳作，整天扛一把铁锨，在村里村外瞎转悠，看哪儿不顺眼就挖两锨。这个闲人到人家家去，从不推门，等风把门刮开，进去以后，再等风把门关住。闲人操心的最大一件事情，就是每天太阳落山之时，独自站在村西头，向太阳行注目礼，独自向落日告别。闲人认为此时此刻，天地间最大的一件事情，不是你家粮食收成了，而是太阳要落山了。如此大的事情，整个村庄没有人操心，这是闲人操的心。闲人在每天早晨，大家还熟睡的时候，独自站在村东头，用自己的方式，迎接日出。他认为，此时此刻天地间最伟大的事情，就是太阳要出来了。所有的人都对太阳出来不管不问，闲人不能不管不问，他要用自己的方式，独自去迎接日出。

就这样，一篇一篇地去写这个村庄，写自己在这个村庄的梦想。把所有的劳忙放下，写一朵云的事，一棵草的事，一只蚂蚁的事。

大地上匆匆忙忙的劳作者，这个村庄里一年四季的辛苦者，养活出了这样一个想事情的闲人。

这个闲人，在村庄，在自己家那个破院子中，找到了一种存在感。

我在城市找不到存在感，每天不知道太阳从何方升起，又落向哪里，四季跟我的生活没有关系。我只看到树叶青了又黄了，春天来了，又去了。我在一岁岁地长年纪，一道道地长皱纹，我感受不到大的时间。

但是，在我书写的那个小村庄里，人是有存在于天地间的尊严和自豪感的。太阳每天从你家的柴垛后面升起，然后落在你家的西墙后面。日月星辰，斗转星移，都发生在你家的房顶上面，这才是一个人的生活。

《一个人的村庄》就写了这样一个少年，一个青年，一场一场的梦，写了他对一个村庄，以及对整个世界的完整感受和看法。他让一个荒僻的村庄中卑微的人生，有了那么一点存在的理由和价值。他找到了最荒远处人的一种生存礼仪。这就是我对这个村庄的塑造。

《一个人的村庄》，是我一个人的百年孤独，也是大地上的睡着和醒来。它是一个人的孤独梦想,也是四季中的花开花落。

当我写完这本书的时候,我开始了我的城市生活,把那个叫“黄沙梁”的小村庄,扔到天边,偶尔会过去看一看,看到我们家的那院房子,一年比一年衰败,看到一个我认为是永远的家乡和故乡的地方,在从这个村庄消失,甚至连这个村庄本身,也不会存在多久,因为它太荒远,人们在离开。我想,我可能逐渐地就变成了一个没有家乡的人,留下的只是有关家乡的往事。

但是,这个世界上,总是有一些人,或一些地方,有意无意地,给你在保留过去,在补充你的遗忘,让你不至于把这个世界忘得太快,让你不至于一回头,什么都看不到了。

这样的机缘就在去年发生了。我沿着天山北坡,去寻找那些古村庄。到了我这个年龄,总是喜欢旧的东西,总是想能看到自己熟悉的东西,总是希望走进一个似曾相识的场景,碰到那些熟悉的人。这么走着走着,突然一拐弯,拐进了一个村庄。

我进入的这个叫菜籽沟的小村庄,完完整整保留了我小时候的那种记忆,没有一点新的东西进去,那些人家的房屋,沿着小溪和山边,三三两两的排列着,从哪个角度看,都是一幅山水国画。

中国人的山水国画,完整地表述了我们祖先对山水自然的态度,人居住在大地的一个小小的角落上,更多的空间是留给自然的。

当时我们了解到的情况是,这个村庄原有四百多户人家,已经有二百多户迁走,剩下许多空房子。我们去的时候正好有一家人在拆房子，一打问才知道，那一院房子，也可能是清代、民国时的老房子，只四千块钱就卖给别人了。由人家拆了木头，一车拉走。

你想，一个延续百年的老宅院，就这样拆成一片废墟，这个庭院中原有的生活由此中断，一种生活到此为止。

我们还了解到，村里面有许许多多这样的老房子，待卖、待拆。我马上给县上做了汇报，跟县上协商，能不能让我们进入，抢救性地收购保护这些老房子。

我的提议很快得到了县上领导的认可和大力的支持，我们工作室人员下去，一家一家地收房子，只要是农民扔弃不用的老房子，我们全部收来。收来干什么？给艺术家住，当工作室，让原有的老建筑原貌保留下来的同时，也让这个村庄的烟火得以延续。

可是，我们一开始收房子，农民房子马上涨价，从几千元瞬间涨到了几万块钱。我们现在收的房子全是几万块钱的，我们在这个村庄收了几十套空房子。

我们收的最大的一院房子，是一个老学校，二十世纪六十年代建的，村里的小学，后来变成中学，再后来，没有孩子上学了，它变成了羊圈。我们把它买下来的时候，所有的教室和办公室，积着厚厚的一层羊粪，我们花了好多钱，把羊粪一锨锨地清理出来，找到教室的地，找到讲台，还在羊粪中找到那一代学生留下的铁皮铅笔盒。

这个大院子现在已经被我们收拾出来，做成一个国学书院，叫木垒书院。我任院长，自己任命的。在我的号召下已经有几十位艺术家进入这个村庄，我们成立了“菜籽沟艺术家村落”，我任村长，也是自己任命的。然后，让村支书当我们菜籽沟艺术家村落的副村长。

因为艺术家的进入，村里来的人多了，那些离开的村民，也在一个一个地回来，建了许多农家乐，这个村庄看似慢慢地活过来了。按照村里面的说法，我们要不来，三五年之内，这个村庄就荒掉了。

而且，比这种荒芜更恐怖的还有一个事实是，农村不仅没有人了，关键是没有下一代了。我们菜籽沟所在的这个乡，两三千口人，去年一年，出生了两个孩子，这是多大的危机呀。

每家都是空院子，每家空院子都只有两个老人，过着过着剩下一个，这些空房子怎么办？我们发挥艺术家的才能，帮村民规划庭院，用自己空闲的房子去做旅游接待，让更多的人到这儿来旅游、居住、生活。但是村民一着急，就把城市的好多建筑垃圾弄到村里面，彩钢板房、亮晶晶的瓷砖，都进村了。

现在中国的乡村，正经历城市劣质过时建材的污染，在乡村的大道上，可以看到一车一车的、被城市人在二十年前就已经淘汰的建筑材料和生活用品，在向乡下倾销。我们要让村民懂得审美，知道把村庄本身旧的和古朴的东西保护好，这是有价值的。

在我这个年龄，回到村里才知道，我们把那么多的好东西，把那么多属于我们传统文化的东西，扔在了乡村。我们在外读了多年的书，学了那么多西方的文学、哲学、经济学，接受了那么多外来的理念，回过头去，真正踏踏实实去看一看自己家乡的生活，看一看我们父辈曾经的生活，看一看积累在乡村的那些文化，才觉得，我们需要回头认领的，是那个老家，是被我们遗弃在背后的那个乡土老家。

那是让我们中华民族的文化传承五千年不曾中断的根基。我到村里去，是我需要认领这样一个可以安顿身体和灵魂的地方。

还有一点，叫“归还”，因为艺术家进村了，我们也想给村子归还些什么。以前这个村子，各种宗教设施齐全，宗祠、山神庙、土地庙，一应俱全。村里面有什么事，家庭里面有什么事，会到宗祠里面去解决。心灵上有事，人家会到庙里面去解决。这些东西，都被毁干净了，只留下了名字。我们也是借助艺术家的力量，想归还一些东西给村里。

我们首先想在村里建一个山神庙。这个村庄依山傍水，每年春天会有洪水下来，以前村里有山神庙、龙王庙的时候，他们会先去烧个香，一年心静平安。

我们经过这么多年的发展，基本上把这些文化设施都破坏了。现在，村民跟乡政府、跟县政府那么多的矛盾，都是因为我们把这个乡村文化保护层给拆掉了。农民和乡政府，直接面对面，赤裸裸，中间的文化缓冲层消失了，没有了余地。我们想把它建立起来，归还给村庄。但我知道，这仅仅是一个作家的天真想法。

通过我们的影响，村民也在向我们学习，他们也在用我们的方式，开始收拾他们的院子。我们告诉他什么东西是珍贵的，要保护。

我们乡村的家，它是一个完整的体系。到一个院子，首先门口是一个狗洞，狗要看家。狗洞那边是一个鸡窝，鸡窝边是羊圈，羊圈后面是猪圈、牛圈。人的房子排在中间。每个乡村庭院，都完整地保留了我们汉民族的生活理念。我们的家是一个万物共居的家，人住的房子周围，有那么多的动植物，跟我们一起生活，这就是一个破院子所承载的乡村文化。当我们推行新农村建设，把农民赶上楼的时候，其实，是在把一整套的文化体系丢弃在乡村，丢弃在那个破院子里。

可能，许多人是在城市长大的，没有一个叫农村的家，没有一个如此破败的旧院子，让你度过童年。但是，我相信，我们都是有一个内心故乡的人。我们在生活中流浪，在内心中寻找，向着一个叫故乡的地方，一点点地回归。

二十多年前，我从写作《一个人的村庄》开始，到今天，写作一系列的乡村文学，我都是把家乡和故乡当一场梦去写。我希望我的文字是一场一场的梦，一阵一阵的风，一片一片的月光。那些生活于尘土中的人们，那些在四季轮回中迷失了方向的人们，那些在大地的收获与亏欠中欣喜和痛苦的人们，他们会有一个朝上仰望的心灵。如果文学还能做什么，那么，文学需要承载大地上所有的苦难和沉重，让人们抬起头来，朝着云端去望，朝着尘土和树叶之上去仰望，这是文学唯一能给我们的。谢谢。

2015.9.20

一席，上海

把地上的事往天上聊

聊　天

散文是聊天艺术。何谓聊天？就是把地上的事往天上聊。这是我们中国人的说话方式，万事天做主，什么事都先跟天说，人顺便听到。

把地上的事往天上聊，也是所有文学艺术所追求的最高表达。从地上开始，朝天上言说，余音让地上的人隐约听见。文学艺术的初始都是这样。最早的文字是字符，写给天看的。最早的诗歌是巫师的祈祷词，对天说的。说给天听，也说给天地万物听，那声音朝上走，天听过了，落回到人耳朵里。

民间的传统戏台对面都有一座庙，庙里诸神端坐。听戏人坐地上，戏台高过人头，那戏是演给对面庙里的神看，说唱也是给庙里的神听，唱音越过人头顶，直灌进神的耳朵。整个一台戏，是台上演员和庙里的神交流，演戏者眼睛对着神，很少看台下的人，他知道自己唱的是神戏，不是人戏。人只是在台下旁听，听见的，也只是人神交流的“漏音”。

至少在《诗经》时代，我们的祖先便创造出了一整套与天地万物交流的完整语言体系，《诗经》中有数百种动植物，个个有名字，有形态，有声音颜色。“关关雎鸠，在河之洲。”关关是叫声，雎鸠是名字。一只叫雎鸠的鸟，关关地鸣叫着出现在《诗经》的首篇。

这样一个通过《诗经》《易经》《山海经》等上古文学创造的与万物交流的语言体系，后来逐渐失传了，取而代之的是一套科学语言。

对天地说话，与天地精神独往来，这是我们中国散文的一个隐秘传统。

喧 荒

与聊天相近的还有一个词叫喧荒，北方语言，喧是地上的嘈杂之音，荒是荒天野地的荒。想想，这样一场语言的喧哗与寂寥，时刻发生在民间的墙根院落。

喧荒或从一件小事、一个故事发端，无非家长里短，鸡毛蒜皮。但是逐渐的，语言开始脱离琐事，有了一种朝上的态势，像荒草一样野生生地疯长起来，那些野生出来的语言，一直说到地老天荒，说到荒诞荒芜。

这才叫喧荒，是从地上出发，往虚空走。直喧到荒无一言，荒无一人。

这是话语的奇境。

无论是聊天也好，喧荒也好，都是把地上的话往天上说，也就是把实的往虚里说，又把虚说得真实无比。也无所谓有无，喧至荒处，聊到天上，已然是语言尽头，但仿佛又是另一句话的开始。

仪　式

到乡间随便坐到哪一个墙根，跟那些老人说话，听他们喧荒聊天，聊的全是散文，这是中国人的思维方式。不可能聊出小说，也不可能是诗歌。据说在唐代人人出口成诗，但现在，我们在民间言语中听到的多是顺口溜之类的东西。

我知道有一些草原民族，他们日常聊天会有诗歌。新疆的哈萨克族，当客人到主人家毡房，进门后会吟诵赞诗，先从毡房开始赞美，一直到毡房中的铁炉子、炉钩、炉铲子、炉子上烧奶茶的茶壶，然后赞美主人家的牛羊，赞一圈最后赞美到主人，都是现成的诗歌或者现成的模式，有时客人即兴发挥，主人听得高兴，家里被赞美的一切也都听得高兴。客人在赞美主人家的毡房时，一定相信毡房会发光。赞美羊时，羊会咩咩回叫。哈萨克是一个诗歌民族，把诗歌日常化，又把日常生活用诗歌仪式化。

我们不一样，是一个散文民族，说一个事情的时候总是先入为主地用散文的方式去说，就像聊天，从一个小事开始聊起，拉拉扯扯把整个村庄聊完再回来。

传闲话

在民间更接近散文创作的是传闲话，闲话是一种民间散文体，女人最喜欢嗑瓜子倒闲话，先由一个小事开始，看似在讲故事其实完全不是故事，讲的是是非，是道德。

当一件小事经过一个人传到另一个人的时候，就进入了散文的二次创作，传遍整个村庄回来的时候，早已不是原初的故事，被中间的传播者添油加醋，发挥自己的想象，发挥自己的是非观点，最后一个故事被传得面目全非。

俗话说，话经三张嘴，长虫也长腿。长虫是蛇。一条蛇经过三个人去传，就变成长腿的动物了。这个让长虫长出腿来的过程，就是文学创作。不可能传到长出翅膀，长出翅膀就是飞龙了，那不叫闲话，是神话了。

散文创作跟传闲话一样，是有边际的。一个现实中的事物经过散文家的自由想象、恣意虚构，但仍然在我们的经验和感知范围之内。人间的故事在人的想象边缘找一个合适可信的位置停下来，不会超越感知。

散文是人间的闲话，不是神话。变成神话就没人相信了。

说　书

还有一种民间语言形式叫说书。

小时候，我的后父是个说书人。我们住的那个偏僻村庄，只有一个破广播，有时响有时不响，收音机也不是每家都有。我记得一到晚上，村里许多人就聚集到我们家，大人们坐在炕上，炕中间有个小炕桌，炕桌上放着茶碗、烟，我父亲坐在离油灯最近的地方，光只能把他的脸照亮，其他人围着他，我们小孩搬个土块或者小木凳坐在炕下面，听我父亲一个人讲，讲《三国演义》《杨家将》《薛仁贵征西》。我父亲不怎么识字，他所讲的那些书，全是听别的说书人说了之后自己记住的，在我印象中，我父亲从来没有把《三国演义》或《杨家将》讲完过，他讲不完，他学的就是半部《三国演义》，他经常把三国讲乱，提起三国乱如麻，不如我给你讲杨家将吧。三国讲不清楚就讲杨家将。

中国人的这种说书传统非常有意思，说的是小说，讲出来就变成散文。因为说书人要经常把故事打断，停在那去倒是非，做道德判断。故事停下来时，小说就不存在了，变成散文。任何一部中国小说，一经说书人言说就变成了散文。

乡间的说书人没有几个是看过原著的，多半是从上代说书人那里听来，听的就是一个二手书。然后，说的过程中，今天忘一段，明天又想起一段来，忘掉的部分就是留给自己创作的。每个说书人都不会老老实实去说一本书，总是在某个地方停下来，加入自己的创作，加入自己的想象，加入自己的道德判断。这是说书人的习惯。故事对他来说不重要，重要的是故事讲到恰到好处时，停下来去讲是非。

我一直记得后父说关羽投曹营那一章，话说刘、关、张三兄弟被曹操打散，关羽带着两位皇嫂被曹操俘虏，在曹营中一住十二年(其实也就几个月，被说书人夸张)。关羽和皇嫂共居一室，关羽住外屋，两位皇嫂住里屋，中间一个忽闪忽闪的薄布门帘。说书人觉得这个地方应该最有戏，却被作者几笔带过，这其中定有原因。说书人说到这里不跟着故事走了，他停下来，开始说闲话。说当年罗贯中写到这里写不下去，为何？关羽保护两位皇嫂在曹营一住十二年，你想，三人共居一室，两位皇嫂年轻貌美，关羽正值盛年，可谓干柴烈火，焉能没有奸情？若无，不合乎人性。若有，该如何下笔？话说罗贯中正在窗前捻须作难，苦思冥想，忽听窗外雷声大作，老先生抬头一看，惊呆了，只见关羽关圣人在云中显灵，双手抱拳，曰，老先生笔下留情。

说书人替作者把这一段交代圆满了。

西方小说是让故事从头到尾贯通下去，我们的章回小说则会常常地打断故事，把故事扔一边去论道理讲道德。民间说书人沿袭这一传统，他们有能力把故事停下来，论一段是非后，故事还能接着往前走。这是中国章回小说和民间说书的一个重要特点。中国人也习惯了这样听故事，因为他们知道听的不是故事，而是故事后面的意思和意义，当他们开始欣赏故事后面的意思和意义时，其实已经进入散文了。我们的四大名著，那些演义，被我们称为长篇小说的鸿篇巨作，一部一部地被民间说书人说成散文。我们在听书中，也学会了一种言说和叙述的方式，就是散文方式，所有的古典小说也被我们听成了散文。

说　话

散文就是中国人的说话、聊天、喧荒、传闲话。

我们的散文家在民间不断的聊天和喧荒中获得了新的资源、新的词汇，像聊天和喧荒这样的词，不可能由作家创作出来，可能是古代作家的词语流入民间，被民间继承下来，然后又被作家重新发现，所以散文就是我们的一种说话方式。有时候，散文家需要在民间说话中寻找散文的新鲜语言，更多时候，那些古往今来优秀的散文流传到民间，影响国人的说话方式。民间聊天和文人文章，相互影响，形成国人的说话方式和散文写作方法。

“天”和“荒”

散文不是小说，不需要从头到尾去讲故事。散文是乡人聊天，所有该说的话都已说完，该发生的事都已发生完，看似没有任何话可说的地方，散文写作才刚刚开始。

散文就是从生活的无话处找话。

散文不讲故事，但是从故事结束的地方开始说话，这叫散文。

小说的每一句都在朝前走，散文的每一句都是凝固的瞬间。

散文没有那么多的空间和篇幅容纳一部小说的故事，但是散文总是能让故事停下来，让人间某个瞬间凝固住，缓慢仔细地被我们看见，刻骨铭心地记住。

所以散文也是慢艺术。慢是我们对待生活的一种态度，这个世界的匆忙用小说去表述，这个世界的从容和安静用散文来呈现。散文是沉淀的人心，是完成了又被重新说起的故事，它没头没尾，但自足自在。

大多数散文写日常，既然是日常那肯定是常常被人说尽，说出来就是日常俗事琐事，在这样的散文中怎么能写出新意，只能绝处逢生，日常被人说尽处才是散文第一句开始的地方，无中生有也好有中生无也好，散文就是这样一种艺术，在所有语言的尽头找到你要说的一句话。

小说有明确的故事走向，有事件的结局和开始，有严谨的结构。小说需聚精会神去写。散文则要走神，人在地上，神去了别处，这是散文创作的状态。也如聊天，把地上的事往天上聊的时候，人把地上的负担放下了，就像把身上的尘土拍落在地。聊天开始，就有了这样一种态势，他知道自己嘴对着天在说话，对着虚空在说话，对着不曾有在说话，对着一个荒在说话。

散文无论从哪写起，写什么，都不重要，重要的是写作者心中得有那个“天”和“荒”。心中有“天”和“荒”，才能写出地老天荒的文章。

散文是一种飞翔的艺术，它承载大地之重，携尘带土朝天飞翔。许多散文作家是爬行动物，低着头写作到底，把土地中的苦难写得愈加苦难，把生活中的琐碎写得更加琐碎，把生活的无意义无味道写得更加的无意义无味道。他们从来都不会走一会儿神。

我喜欢像聊天一样飞起来的语言，从琐碎平常的生活中入笔，三言两语，语言便抬起头来。那是把地上的事往天上说的架势，也是仪式。

2017.1

山西散文年会，太原

文学是做梦的艺术

梦是另一种醒来

作家是做什么的？其实什么都不做，这是一种想事情的职业，大家在忙忙碌碌做事情的时候，作家在想事情，想完就完了，也并不去做。

作家唯一做的一件事，可能就是做梦。

如果把人的一生分为不同的两种状态：睡和醒，通常人或许只注重醒来的时间，认为它是真实的可把握的。而睡着做梦的那段时间往往被忽视，以为梦是假的，睡是无知的。

但是作家不一样。作家相信梦，在睡梦中学习。一个优秀的作家肯定在他生命早期，什么都不知道的时候，糊里糊涂地接受了梦的教育。在那个我们还不会说话、不会做事的幼年，我们学会的第一件事是做梦。

一场一场的梦，是开设在人生初年的黑暗课堂，每个人都在这个夜校中不知不觉地学习。只是，大部分人不把这种学习记在心上。只有作家把梦当真，视睡着为另一种醒来，在无知的睡眠中知觉生命，在一个又一个长梦中学会文学表达。

许多天才作家很小就能写出惊人的诗歌和小说，很可能是他们早早在梦中学会了文学写作。

文学，本来就是人类最早的语言，是我们的先人在混沌初开的半醒半睡中创造的语言方式，并以此与天地神灵交流。最好的文学艺术都具有梦幻意味。那些感动过我们的优秀文学作品，仿佛都是一场梦。

文学是做梦的艺术。

一场一场的梦，连接着从童年到老年的全部生命。

作家所做的，只是不断把现实转换成梦，又把梦带回到现实。在睡与醒之间，创造另一种属于文学的真。

站在房顶的老师

我相信每个人的童年，都是一场没睡醒的梦。童年是我们自己的陌生人。每当我回想那些小时候的往事，不清楚哪些是真实发生的，哪些是早年做过的梦，它们混淆在一起，仿佛另一种现实。童年故事都是文学，半梦半醒。

我上小学时赶上“文革”，一年级上了半年，有一天快中午，被人从课堂上叫出来，说你们家出事了，快回去吧。

那年我八岁，父亲不在了。

紧接着学校的老师也跑了，我辍学在家。邻近的黄渠七队有小学，在三四公里外，我年龄小，走不了那么远的路，就说在家长两岁，能走动路了再去上学。

过了一年，我就跟着大哥到七队上学了，还带上了更小的弟弟。学校就一个老师，一年级和二三年级一起教，学识字和加减算数，学生书包外背着算盘，跑起来算盘珠子哗啦啦响。

七队和我们村隔着一道盐碱梁，从村里出来，上坡，翻过梁，再过一条水渠，就看见了。平常时候只听见那个村子的鸡鸣狗吠隐约传来，人的声音翻不过梁。

学校在村外荒滩上，孤孤一间房子，四周长着芦苇、红柳、碱蒿子和骆驼刺。一条小路穿过盐碱滩隐约通到那里。

多少年后，我还经常梦见自己在那个荒野中的房子里上课，一个人坐在昏暗中，其他孩子都放学走了，我留在那里，好像作业没写完，好多字不认识，数学不会算，心里着急，又担心回去晚了路上遇见鬼。那个我只上过不到一年的荒凉学校，在梦中把我留置了几十年。

记忆最深的是那个老师，我忘了他的名字，每天我们从自己村子出来，翻过盐碱梁，就看见老师站在学校房顶上，远远地看着我们，一直看到我们走近，才从房顶下来。

放学后他又站在房顶上，看我们走过荒滩。我们在白碱梁上总要回头看看站在房顶的老师。过了梁，就看不见了。

一天早晨，我们翻过梁没有看见房顶上的老师，只有孤零零的教室，半截子淹没在荒草中。来到了教室才知道，老师昨天下午从房顶掉下来，把头摔坏，当不成老师了。

见　鬼

我小时候喜欢爬房顶、上树梢，可能是跟那个老师学的。大人说爱往高处爬的孩子将来有出息。可是我也喜欢钻地洞，村子里高高低低的地方都被我摸遍了。一个人小的时候，是有可能知道世界的某些秘密的，孩子可以钻到大人到不了的某些地方，那些隐蔽的连通世界的孔道有可能被孩子找见。

我还见过鬼。有一天放学，其他同学翻过梁不见了，我领着弟弟落在后面，弟弟不时回头看，说后面有个人在追我们。我回过头，什么都没有。弟弟肯定地说，就是有一个人。我想起大人说过小孩子能看见鬼的话，吓得浑身发抖，拉着弟弟跑，跑了一截我问弟弟，那人还在吗？说还在，越来越近了。我不敢回头看，连滚带爬蹚过一个水渠，再问，弟弟说人不见了。

我上四年级时转到黄渠大队。去大队学校的路绕过河湾和一片长满芨芨草的坟地。过坟地都结伴而行，不说话，害怕惊醒死人。有一回没等到同学，硬着头皮一个人走，眼睛直直朝前，不看坟堆。走着突然听见后面有脚步声，回过头，路上空空的，坟地也空空的，头发唰地竖起来，双脚不由得奔跑起来，却怎么也跑不快，身体像被什么东西拽住，也不敢回头看。

再后来，我们家搬到太平渠村，属于新胜大队了，依旧在玛纳斯河边上，只是朝北迁徙了几十公里，更加荒凉了。我在那个学校跟着上五年级，大队离我们村七公里，同村的十几个孩子，每天早出晚归，步行上下学，路边也有坟，孤孤的，没在野蒿草中。有时独自路过，有意不去看，但总觉得那里有眼睛看过来，脊背生凉。

就这样在穿过荒野坟地的路上，有一年没一年的，有一节课没一节课的，上完了小学中学。

我上四年级时开始写诗歌和童话，现在想起来，写的全是自己的梦和害怕。我小时候胆小，晚上蒙着头睡觉，眼睛露在外面，就能看见荒野上的坟地，好像我的眼睛能穿透墙和房顶，看见黑暗里的一切。

现在想来，一个人小时候若没见过鬼，那是太可惜了。鬼让我觉得不管我走遍村子的多少地方，哪怕熟悉村里所有的人和事，但还是有一个东西不能认识，那就是鬼。小孩能看见鬼。小孩啥都能看见。万物的灵在孩子的眼睛里飘。小孩看见的世界比大人多好多层。人一长大眼光就俗了，看见的全是平常物。不过，人一老，鬼又来了。小时候看见的鬼，老年后又看见了。人生一世，两头见鬼。

作家应该是能跟鬼说话的人。写作本身就是一个引魂招鬼的事儿，把那些没有的事、有过却遗忘的事、是人不是人的事、生前死后天上地下的事，都招引来，唤醒来。我是信世上有鬼的，就像我信那个文字里的世界。文学艺术是最古老的招魂术。

一次收到三十多封情书

初中毕业后，我考上了石河子农机学校，学了三年农业机械，后来有了一份乡农机管理员的工作，干了十几年。

乡农机管理员没多少事可做，主要是和拖拉机驾驶员打交道。

每天一到下午，其他干部早早下班回家，整个乡政府大院子里，只剩下我和一个看大门的老头。晚上那个大铁门只有我一个人进出，我开门关门的声音把守门人惊醒，他喊一声“谁”，我答一声“我”。然后，便是静悄悄的长夜。

乡政府办公室坐西向东，一幢空荡荡的老式建筑，晚上窗户黑洞洞的。我在这个院子住了好多年，后来经常梦见自己走过办公室的长长走廊，去布满尘埃的收发室，在大堆未拆封的书信中，找寄给我的信。这个梦里没找到，下一个梦里又去找。

我在这个大院里一次收到过三十多封情书，一个大学生女孩写的，因为邮递员每星期来一趟，好多书信积攒在一起。那是最幸福的一个星期，我反复读那些情书，每个信封里都装着好多小纸片，可以看出是在课堂、在宿舍、在图书室匆忙写就，字又小又拥挤，像有说不完的话。

过了一个星期，又收到十几封。

这样的好事情持续了一个多月，当我沉浸在上百封炙热情书的阅读中，还没反应过来要怎么去回应，那个女孩的情书就再也不来，没有音信了。

这是我青春期里别人对我的一场恋爱，像花开一样，像一阵风，更像一场梦，那么美好的突然到来，又悄然消失。

我在那样的环境中写诗。每周来一次的邮递员是我最期盼的，我订阅的诗歌杂志，总是晚两个月到。我在三月的料峭寒风里，收到一月出版的《诗刊》，再把自己一个星期前写的信，交给邮递员捎走。至少半个月后，信才会送达，回复过来，一定是两个月后，天气都由寒转暖了。

我寄出最多的是投稿信，偶尔收到编辑的退稿和用稿信。现在我还记得收到刊登我诗歌的《星星》诗刊、《绿风》诗刊、《诗歌报》时的激动，那时候，在这些刊物上发一首诗，全国的诗人都会读到。我也由此收到许多认识不认识的诗人的来信。

只是，我再没收到过几十封情书。

一笔天上的生意

当乡农机管理员期间，我做了一件改变人生的大事情。

那时正赶上全民下海经商，我没经住诱惑，做起生意来。

我做的是农机配件经销，在县城东郊的路边上，租了一间农民的房子，进了些货，门头拿红油漆刷了“农机配件门市部”七个大字，就开业了。每天坐在街边看拖拉机过来过去。那时的乡村道路上总是尘土飞扬，大坑小坑，住在路边的农民都喜欢这些坑，因为过往的车辆总有些东西被颠下来，他们就有了意外之财。

我也托这些大坑小坑的福，那些过来过去的拖拉机，总有几个会颠坏，车停在路边，拖拉机驾驶员提着摇把子过来（那时候拖拉机都是用摇把子手摇启动），在我们店里买零配件。

几乎每天都有一伙一伙的驾驶员坐在店门口，买不买东西都凑在那闲聊，聊远近路上的事情。我觉得听别人闲聊可能是我生活中一件最大的收获，我有一双非常好的耳朵，可以从旁人闲聊的嘈杂中捕捉到我感兴趣的东西。似乎从小到大，我一直坐在这些闲聊的人群当中，他们说着那些发生在远处近处的真事，也说那些瞎编的像真的一样的假事，我更喜欢听那些瞎编的故事，因为我也喜欢编故事。

这个农机配件门市部只开了一年多就卖了，赚了一万多块钱。在那个万元户时代，我变成了有一万元钱的人。

二十年后，我写了一篇长散文，写的就是我开农机配件门市部的这段经历。但是，散文的名字变成了《飞机配件门市部》。二十年的时间，是怎么让一段真实生活发生了奇幻般的变化的呢？

《飞机配件门市部》在写什么呢？写的仍然是我开农机配件门

市部那时候的经历，一个在乡农机站工作，还写诗歌的乡村青年，不安于现状，也不好好上班，在县城边开了一家农机配件门市部，每天在尘土飞扬的路边，看着坑坑洼洼的道路上来往的拖拉机，心想着哪个坑能把哪个拖拉机颠坏，然后卖零配件赚点钱。但是，这样的生意总是不多，总是有没有生意的大块无聊时光。好在配件门市部头顶经常飞过飞机，我就仰头数过来过去的飞机，昨天过去三架过来三架，今天过去三架过来两架，就想那一架去了哪，如果好几天后那架还不过来，就想这一架是不是出事了。

我还认识了一个飞行员，是我们县出去的唯一一个开飞机的驾驶员，叫旦江，他爱人跟我爱人是同学，每次回来探亲都到我家里吃饭喝酒，听他谈飞机的事。那时候我没见过真正的飞机长啥样，只看到过头顶过来过去的飞机。

这个飞行员跟我讲，他每次开飞机路过沙湾县城，都想看见自己家的房顶，想看见站到院子里朝天上望的老父亲，因为在他有数的几次飞过沙湾县城的飞行前，他都给家人打电话，家人会准确地知道时间，他们早早站在院子里等他的飞机过来。他的妻子每次都叫好多女友站在路上，拿着红头巾，她丈夫的飞机飞来时，她们会挥舞红头巾，跳着朝天上喊。

但旦江告诉我，他在天上一次也没有看见过自己家的院子，也没有看见过挥着红头巾往天上招手的他的妻子。

这个开农机配件门市部的青年，天天看着过往的飞机，有一天突然脑洞大开，他意识到这么多飞机从天上过往，却没有人去做飞机的生意，地上来来往往的拖拉机坏了有农机配件门市部，谁想过为天上的飞机开一个配件门市部呢？

他被自己的想法激动，买了七块大纤维板，偷偷搬到房顶上，不能让人知道。提着红油漆罐子上房顶，写了七个大字“飞机配件门市部”。他想，过往的飞机驾驶员往下看的时候，一定会看见房顶上写的大红字，知道在沙湾县的城郊有一个飞机配件门市部，如果哪一天飞机在天上出了事，他一定会知道这边有一个修飞机的地方。

这个青年为自己的大胆想法激动着，不告诉任何人，每天独自看着天上的飞机，独自想着飞机应该用什么样的配件，于是开着拖拉机到处收集各种零配件，储存起来。

就这样，他一个人怀着做天上飞机生意的梦想，在地上的尘土飞扬中默默等待时机。

终于有一天，一架飞机在天上出事了，冒着黑烟，朝这边飞过来，越飞越低。那个青年马上召集了几十辆拖拉机，拉着他几年来储存的一堆堆的古怪铁零件，朝着飞机降落的大片麦田追了过去。

这篇文章到此基本结束了。农机配件门市部卖掉后，写着“飞机配件门市部”的七块纤维板，也在此后的大风中一块块地飞落在地。

我开农机配件门市部的时候二十多岁，写这篇文章的时候已经四十岁。文章的前半部分是真实的，我用了第一人称“我”讲述，我确实开了一家农机配件门市部，也确实有一个飞行员的朋友。但后半部分是文学的虚构，是一场梦，我替换成“他”讲述。

二十年的时间，让这样一个有关农机配件门市部的现实故事，变成了面目全非的飞机配件门市部，这就是文学完成的。当我在多年后回想这段开农机配件门市部的经历时，我想到的是那个青年的我，从马路上的尘土中抬头朝天上的仰望，我想知道那个仰望里到底有什么，后来我看到了。我把那束朝天上望的目光辨认了出来，它成了这篇文章的核心。

就这样，文学让地上的一件普普通通的事情，变成了天上的事情。让一个在农机站当着小差、有一个当站长的梦想却不能实现的小职员，从尘土飞扬的马路边看到了天上，知道了仰望。

文学和现实的关系是什么？可能所有的现实故事都会成为文学的题材。但所有的题材都不见得会成为文学。

文学必定是我们在现实生活中的朝上仰望，是我们清醒生活中的梦幻表达。文学不是现实，是我们想象中应该有的生活，是梦见的生活，是沉淀或遗忘于心，被我们想出来，捡拾回来，重新塑造的生活。

文学是我们做给这个真实世界的梦。

看见另一个世界

农机配件门市部卖掉后，我的兴趣转到另一件更加玄妙的事情上：练气功。那时候全国气功热，我买了大量气功书籍，在沙湾城郊村的院子里研修静坐，聚气炼丹，一度专练开天眼，想看见另一个世界。

其实，那个另一个世界就在文学中，后来真的被我看见并写了出来。

我离开农机站在乌鲁木齐打工期间，用七八年时间，写出了散文集《一个人的村庄》。

到城市后我突然不会写诗了。我尝试着写散文，用我写诗的语言写散文。我这样写作时，慢慢地把我生活多年的村庄生活全想起来了，仿佛我梦见了它们。

是的，我写了我在那个村庄的梦。多少年来我在那个村庄的真实生活，终于化成一场梦。仿佛重回世间，我幽灵般潜回到那个村庄的白天和夜晚，回到她一场一场的大风中，回到她的鸡鸣狗吠和人声中，我看见那时候的我，他也瞪大眼睛，看见长大长老的自己——我的五岁、八岁、十二岁、二十岁和五十岁，在那场写作里相遇。

当我以文学的方式回去时，这个村庄的一切都由我安排了，连太阳什么时候出来，什么时候落山，都是我说了算。这就是文学创作，一个人在回忆中获得了重塑时光的机会。

《一个人的村庄》，是一个人的孤独梦想。那个想事情的人，把一个村庄从泥土里拎起来，悬挂在云上。

2015.12.14

修改于2018.5

新疆师范大学，乌鲁木齐

聆听自然的声音

我们正坐在深圳这座现代大都市的中心地带，透过车窗可以清楚地听到城市的声音，巨大的汽车群的轰鸣和不远处建筑工地的嘈杂声。在这个城市的高楼上，我们听不到街上人的声音，听不到街边一棵树的声音，更难以听到草丛中虫子的声音，整个城市被庞大的汽车声所覆盖。仅仅从听觉上，我们无法判断这个城市是人的，灌满耳朵的只有工业机械的声音。它是这个世界的最强音。工业化、现代化、城镇化，正不可一世地到来，从深圳这样的大都市，到最偏远的村庄，无不充斥着它的声音。在这一片工业之声中，自然的声音在哪里？城市中还有没有自然？自然是否已被街道和高楼大厦阻隔在千里之外？阻隔在罕有人至的荒山野岭？城市是否已经完全跟自然没有关系？

不是的。尽管城市在无限扩张，推远自然，但自然却从来就没有离开城市，离开我们。如果我们用心感受、聆听，自然无所不在。

城市里有野生动物：苍蝇、蚊子、蟑螂、老鼠，这些都是上帝留给我们的小礼物，它们一直伴随人类。在人和自然的长期交往中，有些动物选择了远离我们，因为恐惧；有些动物选择了靠近我们，因为生存。靠近我们的动物，一些变成宠物，更多的动物被人养殖、宰杀，变成人类永久的食物。远离我们的动物，终究没有逃出人类的手掌，跑再远都被人捉来吃了。并且是，跑越远的越被人先吃光、灭绝。

那么，留在人身边的就是这些赶不走、灭不尽、不能吃、有病菌的苍蝇、蚊子、蟑螂了。我们讨厌它们，但没办法消灭它们。因为它们生命力太顽强，抗消灭能力太强。比如蟑螂，我们发明一种灭蟑药，大蟑螂吃了，一周后它的后代小蟑螂就具备了抗药能力，可以把我们的蟑螂药当食物吃。还有苍蝇蚊子，它们太喜欢人，喜欢人的血液、皮肤，喜欢我们的食物。可是我们不喜欢它们，想方设法消灭它们，把它们视为害虫，视为自然给我们找的麻烦。我们或许误解了自然的意图。

也许我们现在称为害虫的这些小动物，最终会成为人类的救星。人类一直被病菌困扰，抗生素的发明被认为是人类的救星。可是，病菌的进化速度远高于人类制造新抗生素的速度，随着各种病菌抗药性的增加，终有一天，所有的抗生素将不起作用。那时候，谁来救我们？答案可能是：苍蝇。苍蝇不惧怕任何病菌，它能携带无数病菌而生活，苍蝇的身体中或许有我们对付病菌的最后的武器。

如果那时候，我们身边连苍蝇都没有了，那我们可就完蛋了。

我们一直认为自己生活在人类所构建的文明世界中，到处是高楼大厦，城市化、现代化、工业化正在改变一切。但是，我们是否想到人类所建筑的这一切，都建立在一个更大的自然——大地之上，苍天之下。天地是最大的自然，我们却经常忘记它。还有无处不在的空气，四季轮回，昼夜，太阳月亮和满天星辰，都是陪伴我们的自然。

当然，还有地震、海啸、暴雨、雷电、泥石流等，也都是自然。这样去想，我们就会发现，遍布大地的城市，其实都被自然所包裹和左右，随便的一次自然灾害——我们称之为灾害，自然也许不这样认为——就像我们在睡梦中翻个身，它的一个最小的动作，都足以让我们几千年的文明覆灭。

古人云“厚德载物”，大地之德乃是厚，这是古人对大自然的认识。大地宽厚无比，它承载高山大川，也承载戈壁沙漠，承载江南水乡，也承载西北荒漠，承载像深圳这样的豪华大都市，也承载贫穷破落的小村庄。承载战争也承载和平。承载好人也承载坏人。当然，在大地的意识中没有好坏贵贱，甚至没有生命和非生命。

我们一直生活在这样一个大自然中，对它却无所感觉，只知道社会、物质和欲望带给我们的那些东西，自然的存在似乎被人所忽视。自然的美景离我们远了，但地震、泥石流、干旱、暴雨等自然灾害却在迫近，频频发生。

厚德载物，上善若水，自然是“厚”和“善”的。

就连驱动整个城市和现代工业运转的燃料石油，都来自自然。大家也许知道，有一种说法，石油是数亿年前海底和陆地的大型有机生物深埋地下生成的，这些大型有机生物中也包括恐龙。这是否可以说，整个人类的现代工业文明，其实是靠远古恐龙的力量来驱动？还有那些变成煤炭的远古森林。如果单从人的角度去想，我们会看到自然清晰的意图，它对人是多么厚爱，仅仅是人类两百多年的工业现代化，地球就准备了多少亿年，它先让大地长满森林，水下陆上遍布大型有机生命，它曾经选择了恐龙，让它主宰陆上世界，无度繁殖遍布大地，又在一个瞬间将它们埋入地下。然后自然开始选择另一个生命——人，它让一个并不起眼的爬行动物站起来，然后，这个生命的智力迅速发育，经历了数千年的文明，终于发明了机器，而这时候，深埋地下的那些远古有机生命也已孕育成石油，给人类的工业化提供了充足的燃料。

这样想的时候，就会感到在我们的生存之上，还有一个更大的东西在思考、在安排这个世界，这就是自然。它是物质的，但分明又有精神。它一直在选择。地球能将恐龙埋了，为人类数亿年后的现代化提供动力，那地球会不会在一瞬间又埋掉这些，为它的下一个生命选择新的动力呢？

我们在这个城市，能听到的最大声音是汽车的轰鸣。我们或许应该学会聆听自然的声音，聆听那些远古生命传达给我们的声音，那些声音非常遥远，又近在眼前。

人类自进入工业化后，听觉开始衰退，我们进入视觉时代，这从文学作品中便可以看到，当代小说和散文多是眼睛看到什么写什么，少有作家用听觉来观察世界。但古人面对世界时，听觉、视觉和触觉是全部开放的。《诗经》中有一百多种动植物的名字，有很多象声词。开篇《关雎》中“关关雎鸠，在河之洲”，关关是叫声，雎鸠是鸟的名字，古人在描写一只鸟时先赋予它名字，同时呈现它的叫声。《女曰鸡鸣》中“将翱将翔，弋凫与雁”，把两种鸟工整排列，让它们非常有仪式感地出现在我们面前。

现代作家少有这样的书写。我们描述动植物时，把地上长的都叫草，不去分别草的种类和颜色。把空中飞的都叫鸟，不去分辨是百灵还是麻雀。一方面我们不认识这些鸟的名字，另一方面也缺少对自然之物最起码的尊重，明明有名字，却不去叫它。在我们的文学书写中，其实已失去了对自然表达的耐心和语言。现代作家不屑于去搞懂一只鸟的名字和叫声。我们的耳朵聋了，听不到自然的声音；心灵麻木了，感受不到自然的存在。我们对自然之物熟视无睹，视而不见。

早在两千多年前，我们的先哲们就已经在聆听自然。孔子赶着马车周游列国，传达儒家思想，试图用家的概念构筑国，在人间建立起一个家一样和谐有序的世界。孔子走过一个又一个城邦之国，他在推行那个时代的社会文明。孔子想建立一个“实”的世界，而老子创造了“虚”。老子发现在迅速发展、扩张的人类社会之上，还有一种存在比现实更大，老子把它形容为“道”。老子说，“道法自然”。道的最高法则是自然，自然在一切之上永恒存在，老子把它呈现了出来。庄子作为老子的继承者，让自己的身心放逐于山水，写出许多跟声音相关的文字。庄子是有名的倾听者，能听到自然中大至风声、小至蝼蚁的声音。在孔子、老子、庄子之后，中国的城市和自然有了分别，那之后的历代文人，包括山水画家都在用他们的文学和思想构筑一个现实社会对面的自然。我们从《诗经》、《离骚》和唐宋诗词及中国山水画中都可清晰地看出古人对自然的营造。自然不是一片山林荒野，它已变成我们生活和精神中的一部分。

在传统山水国画中，可清楚地看到我们中国人对自然的表达，在山水的边角处总要画个茅屋或老人，人在自然中有一个小小的栖身之地，更大的空间属于山水云天。这个构图传达出中国人和自然的关系，人是自然中微小的一部分，人和自然的关系是和谐共生的关系，而不是攫取占有，更不是凌驾于自然之上。历代文学家、思想家用情感和精神为我们构筑起一个乡村自然家园。

古代的乡村是一个大的自然人文怀抱。在这个怀抱中诞生了《诗经》，那是人类幼年时代对天地自然毕恭毕敬的小心聆听；也诞生了《老子》，他听到这个世界的“大音”，这个声音因为太大以致我们都听不见。

东方人和西方人早在千万年前便开始仰望天空，聆听自然。

西方人聆听到上帝的声音，印度人聆听到佛的声音，中国人聆听到了什么？听到了道。道法自然。中国人听到了自然在天地之间的运行，听到了运行的规律。我们听到的道是不可形容的，我们没有把它具体地呈现为天堂，这表明我们的心灵还在生长，我们还在倾听。

现代人借助科学工具也在倾听，听得越多越感觉自己是聋子，远远听不到天空深处更为广大的宇宙的声音。于是我们又回到一个最原始的基点，用心灵倾听。科技越发达，我们越能感觉到自然的强大，我们越往天空深处探索，越感觉人类的渺小。当现代工具达不到我们的所需时，古老的心灵再一次开始聆听。我们听到了敬畏和神圣，听到了那些不可接近的东西，听到了老子所说的在世俗存在之上、在一切的物质之上，那个时刻左右我们、推动我们、诞生我们也最终覆灭我们的道与自然的声音。

2010.11.9

新城市文学论坛，深圳

当你站在新疆看中国

我是新疆人，在新疆出生、长大，这么多年未曾离开。新疆是我的家乡，家乡无传奇。对你们来说遥远新疆的传奇事物，对我来说都是平常，我没有在我的家乡看到你们想象的那个新疆，那个被边缘化、被魔幻化，甚至被妖魔化的新疆。至少我个人的生活，我认为是平常的，我从来没有书写过新疆的传奇。我从来没有猎奇过新疆，因为新疆的一切事物都是我熟悉的，我看着它们看了半个世纪，在我眼中它就是一个我生活的新疆。

如果说新疆有什么特别的话，那就是造就了我这种新疆人的长相。我是一个汉人，但我的长相看上去很怪，像西域胡人。我在文联上班的时候，经常有维吾尔族、哈萨克族，或者蒙古族同事推开办公室，用他们的语言跟我打问一个人，或者说一个事，我知道他们把我当成自己的同族了。确实，我的这个长相聚集了新疆各民族的特性。早年我留点小胡子，走到街上，人家都跟我用维吾尔语说话。后来我把胡子剃了，好多蒙古人跟我说蒙古语。我长得既像维吾尔族，又像哈萨克族，还有点像蒙古族，也像回族。所以，我在新疆的人群里，就是一个区分不出民族的人。

新疆怎么能把一个人造化成这样的呢？一定有它内在的特别的东西。也许是新疆的干燥气候、辽阔地貌，刻画了我的面孔和表情，使我有了一种特别的眼神，看人看东西都跟内地人不一样。这种眼神，确实跟新疆的地理环境有关，一眼望不到边，太阳直射下来，人的眉毛必须朝下沉，眼睛也朝里凹，久而久之，眼窝深进去，眼球就朝里面长了，目光像从很深的地方探出来。这也许便是汉史中“胡窥中原”的眼神。

我们把眼光投到唐代，那时候好多文人志士、将士，胸怀国家，奔赴西域去参战，留下那么多辉煌诗篇。岑参就是其中的代表之一。唐代是从上而下，从文人阶层，到官僚阶层，到国家上层，都胸怀西域的，所以它才能有那么大的西域版图。

大家都说，不到新疆不知道中国之大，一般人可能会理解为新疆在地理上占中国的六分之一，这么大一个版图，你到新疆后才会看到中国之大。我的理解是，到了新疆，你其实是站在了国家的西北角上，朝东在看你的祖国，看你的山河，看你的民族和历史，这样看的时候，你的眼中加上了新疆这六分之一的版图，加上了新疆这几千年的历史文化，加上了这些文化所赋予我们的所有内涵。

当你站在新疆看中国的时候，你的眼中不仅仅只有黄河、长江，还会有塔里木河、额尔齐斯河、伊犁河；你的眼中不仅仅有泰山、黄山、庐山，还会有天山、昆仑山、阿尔泰山；你的眼中不仅仅有唐宋诗词，还会知道唐宋诗词之外我们国家的两大史诗《江格尔》和《玛纳斯》，还有维吾尔族悠久的木卡姆诗歌，哈萨克族、蒙古族等各个民族的文学和文化。

这样看中国的时候，中国当然大了，你把新疆那六分之一的国土加到自己心中了，把那六分之一国土中的文化和历史全部加进来了，中国能不大吗？这是从西北角上看中国的一种眼光。

当然，中国本就是大的，我希望大家都到新疆，站在中国的西北角上面朝东方去看一看自己的祖国，看一看自己的山河和文化，这时候中国的信心也就大了。

几年前，我在北大听一位著名的古诗词专家讲古代诗歌，从《诗经》讲起，到唐诗结束。他认为唐诗的高峰之后，中国诗歌步入低谷，已无大观。我在课后交流中对这位专家说，我不同意你的看法，我们国家的三大史诗《江格尔》《玛纳斯》《格萨尔王》，恰恰是在唐宋诗词之后的几百年间，由边疆游牧民族创作完成的，这是中国诗歌的又一大高峰。这个高峰完全不同于唐诗宋词的小诗小令，它是鸿篇巨作，一首《玛纳斯》长达百千万行，浩浩荡荡，体量超过全唐诗。我问这位专家读过这些史诗吗，答：不了解。

不了解就可以被忽略，在我们的语文教材中，这三大史诗也被

"忘记"。

我曾经倡议，我们中国的汉语读者要多关注边疆少数民族作家的写作，我们不要把眼睛只盯着欧美、拉美那些国家的文学。其实在新疆肯定有同样有价值的文学，它们被翻译成汉语，它是我们中国这个大家庭中的少数民族文学，是另一种语言的另一种思维，我们需要关注。我一直在读翻译成汉语的少数民族作家的作品。我生活在新疆，用汉语写作，但是还有那么多的作家，他们用维吾尔语、用哈萨克语、用蒙语在写作。写作本身是一种秘密。我们需要知道别人的心灵秘密，需要知道同样生活在这片土地上的人们，过着同一种生活的作家们在想什么。当我用一本书呈现出我的新疆生活的时候，我非常希望知道阿拉提·阿斯木用维吾尔语呈现了怎样的一种新疆生活？当我写到有关新疆的一个事件、一段生活的时候，哈萨克语的文学是怎样表达它们的？我们需要相互倾听，相互看见。这几种语言之间的关系非常微妙，每一种语言都在表述同一个地方，但是表述的方式和内容肯定千差万别。所以写作的秘密真的是这样，作家从事的就是这样一种通过文学来显露心灵的职业，通过文学来做沟通。我在新疆也谈过，假如汉语和其他少数民族语都不相互阅读了，不相互欣赏了，那么这是一种多么残酷的现实。

文学艺术是人类最古老的心灵沟通术。文学是上帝留给人类的最后一个沟通后门。当我们用其他的形式不能保证正常沟通的时候，文学这种沟通就变成了最后的门，因为在文学中作家呈现的是人，文学是一种讲感情的艺术，大家都回到人这个地位，把民族放下，把宗教放下，把文化放下，坐到一块儿讲人的感情，这是可以讲通的，文学恰恰讲的就是这一点。所以，各民族之间相互的文学阅读是多么的重要和必要。

我在新疆写作，写的也是新疆题材。我的所有文学，都在努力理解和呈现这块土地上的生活和梦想。作家必须面对这样一个复杂时代、复杂社会、复杂人性，言不可言之言，呈现不可呈现的事物。

2013.1.1

今日美术馆，北京

文学是沟通人类心灵的艺术

我很荣幸在喀什噶尔，这座诞生过《突厥语大辞典》《福乐智慧》等伟大著作的城市，跟大家一起畅谈文学。之所以要提及这些著作，是因为我本人一直受益于它们，从这些著作中获取灵感和智慧。尤其是《突厥语大辞典》，汉译本出版后，我至少读了两遍，时隔数年，最近我又翻出来在看，因为我在写一部有关古代西域的长篇小说，《突厥语大辞典》便成了我看懂那个时代的最重要书籍。抛开辞典属性，我个人更愿意将《突厥语大辞典》当成一部用词语排列成的文学书去读，那些词语中有生活细节，有喜怒哀乐，有人和万物以及他们之间的关系，也有野蛮的征伐、残暴的对异教徒的杀戮。这是那个时代的真实。它没有写成句子，编成故事，仅凭那些生动鲜活的语词，以及作者收集整理的民间歌谣谚语，我便能够看懂那个时代。它的每个词语都在说话。他把一千年前这块土地上发生的一切，说给今天的人们听，让我们深思、警醒。

今天，我们在麻赫穆德·喀什噶里生活过的城市，呼吸着他呼吸过的空气，走在他曾经走过的土地上，我的脚印落在他的脚印上，目光看见他所看见的事物。文学，也许就是这样一种隐秘的心灵传承，把一颗心灵的温度，传递给另一颗心灵，传递给更多的心灵。优秀的文学超越民族，你能感知它的存在，能读懂它、欣赏它，受它滋养和熏陶，它便是你的。反之，它便跟你没有关系。

作家需要建立起自己跟一个地方的心灵关系，阅读使我们跟那些存在于历史中的伟大心灵取得联系。文学艺术是心灵沟通术。作家站在人性立场上说话，以心灵对心灵交流。文学是上帝为人类留的一个后门。在平常生活中，我们的社会有诸多渠道和民众沟通，而作家直接用心灵交流。这是一种古老但永不过时的交流方式。在文学中，我们可以回到人的立场去说话。古今中外优秀的文学都是在探索和追求人类心灵的交流。

前不久我读了土耳其作家帕慕克的《雪》，他获诺贝尔文学奖的著作是《我的名字叫红》，我不知道这部书是否翻译成了维吾尔语。伊斯坦布尔跟喀什一样，处在丝绸之路要塞，多种文化的相遇、碰撞、交流，也跟喀什相似。我们看看帕慕克是怎样表达这一切的，或许对我们新疆的文学写作有启发意义。《雪》写的不是伊斯坦布尔，是土耳其的一个边境城市，在这部作家本人最喜欢的小说中，我首先吃惊的是作家对一个地方的熟知，读他的小说，我感到他一个人知道的，似乎比全社会知道的都要多。我们的社会有许多资讯提供机构，他们提供的都是数据，而作家不要数字，他是用心灵感知。作家看一个东西时，总能看到它的过去，看到事物的古往今来。

有人说他的小说呈现了土耳其社会诸多的矛盾，书出版后也引起社会方方面面的反响。我倒认为，帕慕克是通过呈现矛盾寻求民族或人群的和解之路，在帕慕克那里，文学寻求心灵沟通的渴望更加热烈。《雪》写了土耳其的一个边境城市，因为一场罕见的大雪，跟外界隔绝，就在被隔绝的短短几天里，这个城市发生了一系列令人吃惊的社会和政治事件。

一场大雪隔绝了一个城市跟国家的联系，这是一个隐喻，在现实生活中，隔绝人们之间相互交流的东西很多，但文学在创造交流的通道，它唯一的媒介是心灵，从一颗心到另一颗心。

我去年出版了一部长篇小说，叫《凿空》，也是在寻求沟通和交流，《凿空》是2009年完成的，在当年的《人民文学》发表了其中的一部分，2010年出版，被香港《亚洲周刊》评为年度亚洲十大小说之一。《亚洲周刊》的评语是：这是一部罕见的书写中国式孤独的小说。在小说中，我写了一个声音的世界，在一个被石油井架和现代工业包围的小村庄里，人的声音、毛驴的声音、铁匠铺叮叮当当的敲打声和大型工业机械的轰鸣声交织在一起，每一种声音都在争相寻求表达，人们在动用各种各样的方式寻求沟通，古老的坎土曼在寻求和浩大的工业工程沟通，连即将被三轮摩托车取代的毛驴，也鸣叫着寻求跟人沟通。

当然，这样的沟通是困难的，现代化的推进是谁都无法阻挡的。在这种情景下，属于古老和传统的诸多声音的表达，就显得微弱珍贵，更需要我们用心聆听。“凿空”，汉语意为开通道路，也是寻求沟通。它还有一个意思是凭空编造，荒诞不经。这也是在说沟通，人类沟通之困难。

今天，我们在这里谈文学，也是在沟通，刚才我谈了我和喀什这座城市的关系。虽然我只来过有限的几次，但我闻到了马赫穆德·喀什噶里留下的气息，我在他的文字中认识了这座老城的过去。我还认识一些新朋友，我读他们翻译成汉语的诗歌和小说。就在来喀什之前，我读了一位维吾尔族作家写喀什老城改造的小说，那里面有老城人对家园的深厚情感，和对老城改造的误解和理解。我喜欢读译成汉文的各民族作家的作品，我想看到我们共同生活的这片土地，在另一种语言中是怎样的情景，汉语之外的语言都在说什么，我熟悉的生活在他们的文字里有什么不同的表述。各种语言间需要相互阅读和倾听。

最近，我主编的“家住新疆”丛书就要出版了，这套丛书由十位不同民族的作家书写共同的新疆之家，我在丛书的序言中写道：“文学能让不同种族、宗教的人们，在一滴水、一棵草、一粒土中找到共同的感情。在对同一缕阳光的热爱中达成理解与共识。在无须翻译的花香鸟语中,敞开我们一样坦诚的心灵。”

这也是我的文学所追求的。

2011.11

喀什师范学院

那个让我飞起来的梦

我年少时常做噩梦，在梦中被人追赶，仓皇逃跑。

我在《一个人的村庄》中写过这个梦境，我被一个瘸腿男人追赶，在暗夜里奔逃，四处躲藏，我躲在柴垛后面、破墙头后面、水渠后面，都被他找到。我在这样的逃跑中一次次地经过我家院子，看见院门半掩，我竟不往家里躲藏，似乎我怕让后面的追赶者知道我的家。我在惊慌奔跑中逐渐地远离家，远离村子，眼前是无尽的荒野。

在这个被我写出来的梦中，我最后逃到了城市，以为那个瘸腿男人不会再追来，可是，他竟然追到我在城市的梦中。

在更多的没有被我写出来的噩梦中，后面追我的人却越来越近，我恐惧万分，腿被拖住，怎么也跑不快，眼看被追上了，我大声喊叫，有时能喊出声音，有时喊不出声音，只是惊恐地大张着嘴。那个黑暗中大张嘴的面孔我无法想象。

而就在这时，突然地，我飞起来了。

我一直在想，那个让我在噩梦中一次次地飞起来的，到底是什么。当我从极度恐惧危险中突然脱离地面飞起来时，我看见追我的人没有飞起来，他被我甩掉了。如果他也能飞起来，追到天上，我便再无处逃了。可是，那些梦没有给他飞的能力。也可以说，尽管我做了一个噩梦，但那个梦里追我的人，没有像我一样有飞的能力。

我从来没有细想这个梦的意义，这样的噩梦伴随着我成长，我也没有把它当一回事。毕竟只是梦，影响不到醒来的生活。

我也曾经问过一些人，在他们青春时有无做过这样的梦。很多人都说有过被人追赶的噩梦，但不记得或不明确会不会在梦里飞。

我问，当你在那个噩梦中眼看被追上，你怎么办？

他说，惊醒呗，醒来就没事了。

当然，醒来是一个解决噩梦的办法，当梦中发生不能承受的惊恐时，及时让自己醒来，似乎是一个选择，梦里的危害不会延到醒。醒是梦的结束。无论多坏多好的梦，眼睛一睁都消失了。在这里，现实世界的醒来，成为躲避噩梦的安全岛，梦中再大的伤害，都不能延至醒后。对于大多数人，能从噩梦中醒来，是一件多么庆幸的事情。

但是，还有一种解脱噩梦的方式，不是从梦中醒来，而是直接飞起来。这是一个更好的办法，它把梦中的危害在梦里解决了，没有带到醒来的现实。

而且，一旦在梦中飞起来，一切都瞬间反转过来，地上的惧怕不在了，你明确地知道，追赶者不会追到天上。这样的梦可以做到天亮，睡眠可以安稳地延至天亮。

不让噩梦惊搅和中断睡眠，把梦中的不测在梦里解决，一个飞起来的梦，一种在梦中飞翔的能力，是做梦者的天赋，还是上苍给所有梦的配置？

现在我还清晰地记得，我在梦中飞起来的感觉，地上的恐惧和重负突然放下，脱身开来，轻松和释然瞬间回到心中。我还记得我在空中飞翔的样子，我脸朝下，双臂张开，像一只大鸟一样展开翅膀。有时我会变换花样，一只手臂张开，另一只并在身旁，我用一只翅膀飞。有时，我会把一只腿弯曲，翘起来，像飞机的尾翼一样高耸。

我还记得在我身下，是迅速往后飘移的荒野和村庄，而头顶，则是漫天繁星，挨得很近，仿佛我加入她们中间。

随着年岁日增，我逐渐地记不清晚上做的梦，夜变成了真正的黑夜，我再看不见睡着后的自己。以前那样的夜晚再长再黑，梦毕竟是亮的，让我知道自己在睡着后都干了些什么。

记不清楚的梦，是被黑夜吞噬的梦。

但我知道自己依然在做梦，在梦中笑、哭、惊叫。只是不清楚那些梦里我遭遇了什么。

曾经有一段时间，我再不做那个被人追赶的梦，我以为是自己长大了，梦里追赶我的人，也知道我长大了。我还想着，要在一个梦里被人追赶，我一定不逃跑，而是转过身，看着那人走近，认出他是谁，多少年来我都不知道那个梦中追我的人是谁，我不敢回头看。成年给了我足够的勇气和力气，一旦我在梦中遇见他，我会一拳打在他脸上，让他知道我的厉害，以后无论何时都再不敢靠近我。

可是，我在梦中似乎从来没有长大过，我依旧会做噩梦，只是次数少了。再后来，做梦的次数越来越少时，我知道好多梦其实被我忘记了。

我才又想到，遗忘也是对付噩梦的一个办法，不管我在长夜的梦中遭受过什么，我都记不住它。

或许那样的梦里，我依旧在飞，但我忘记了。

或许我在梦里早不会飞了，我的梦也早已世故地认为我没有飞的能力，不安排我天真地飞翔了。

可是，我的醒却越来越相信了自己飞翔的能力。

当我在写《一个人的村庄》，写《虚土》，写刚出版的这部灵光闪烁的《捎话》时，我知道自己在飞，在我的文字里飞。

这些文字负载土地上的惊恐、苦难、悲欣、沉重，拖尘带土，朝天飞翔。

那个在少年的噩梦中一次次让我飞起来的能力，成就了我的文学，我从那里获取了飞起来的翅膀和力量。

也许每一种生活，都有一种文学的拯救方式，就像那些被魇住的梦，得到了解脱。文学，解决不了现实生活中的问题。文学只解决文学问题。文学不是文案，需要我们照着去实现。文学只是我们对现实生活的想法，而不是做法和办法。但是，正因为文学是一个想法，这些想法本身却为生活打开了无数的窗口，这个虚构世界的阳光，有时竟可以把现实世界的黑夜照亮。

2019.1

南京航空航天大学

辑二

一个人的自言自语

对一个村庄的认识

——答诗人北野问

每个人都有自己的一个村庄

北　野：你是以散文集《一个人的村庄》引起人们注意的。在那本书中你曾说:“我全部的学识是我对一个村庄的认识。”而你的那个村庄,就是你度过童年、青少年时光的沙湾县的黄沙梁村。你认为你的村庄在世界的中心,还是在世界的外面?它和当今世界有无关系?有什么关系?

刘亮程：每个作家都在找寻一种方式进入世界。我们对世界对人生的认识和理解首先是从这个世界的某个角落、某件东西开始的。村庄是我进入世界的第一站。我在这个村庄生活了二十多年。我用这样漫长的时间，让一个许多人和牲畜居住的村庄，慢慢地进入我的内心，成为我一个人的村庄。

每个人都有自己的一个村庄。

我们用一生的时间在心中构筑自己的村庄，用我们一生中最早看见的天空、星辰，最先领受的阳光、雨露和风，最初认识的那些人、花朵和事物。当这个村庄完成时，一个人的内心世界便形成了。这个村庄不存在偏僻与远近。对我而言，它是精神与心灵的。我们的肉体可以跟随时间身不由己地进入现代，而精神和心灵却有它自己的栖居年代。我们无法迁移它。在我们漫长一生不经意的某一时期，心灵停留住不走了，定居了，往前走的只是躯体。

那个让人心灵定居的地方成了自己的一个村庄。

心灵总是落后与古老的。

我们相信、珍爱心灵，正是由于它落后而古老。

现代生活只是一段躯体生活，它成为“过去”时，心灵才可能缓缓到达这里。

至于现实中的那个叫黄沙梁的村庄，它曾经是我的全部。当我出生时，世界把一个村庄摆在我面前，这跟另一个人出生时，眼前是一座城市、一片山林，抑或是另一个国度一样，没什么区别。重要的是一个人的生命和他对生存世界的体验由此开始了。生活本身的偏僻远近、单调丰富、落后繁荣，并不能直接决定一个人内心的富饶与贫瘠、深刻与浅薄、博大与小气。

我相信在任何一件事物上都有可能找到整个世界，就像在一滴水中看见大海。

展现博大与深远的可能是一颗朴素细微的心灵。那些存在于角落不被人留意的琐屑事物，或许藏着生存的全部意义。

对一个作家来说，没有偏远落后的地方，只有偏远落后的思想。生活在什么地方都是中心。你能说出长安街旁一棵被烟尘污染得发黑的松树离首都生活到底有多远吗？而长在深远山沟里一棵活生生的不为人知的青草不正生活在整个生存世界的中心吗？当人们在谈论《一个人的村庄》时，这个村庄便已经成了中心。

真实的生存大地被知识层层掩盖

北　野：请向读者介绍一下你的个人经历、你的文学观和你对成为一个优秀作家的基本条件的看法。

刘亮程：我在天山北部古尔班通古特沙漠边缘的一个小村庄里出生长大，种过地，初中毕业考上农机校，后来在乡农机站当农机管理员，一当就是十几年。这份差事，相当于大半个农民。虽然不用下地干活，但一年到头大部分时间也还是在田地里转。所以说我是个农民肯定是没错的。

其实经历本身并不重要，我们那一村庄人，和我经历了大致一样的生活。他们都没去写作。到现在种地的还在种地，放羊的还在放羊。只有我中断了这种生活，我跑到了别处，远远地回望这个村子，我更加清楚地看见了它们：尘土飞扬中走来走去最后又回到自己家里的人、牲畜；青了黄、黄了又青的田野、树；被一件事情从头到尾消磨掉的人的一生，许多事物的一生；在它们中间一身尘土，漫不经心又似一心一意干着一件事情的我自己……这些永远的生活在我的文字中延续下去，那些没干完的活我在心灵中一件一件完成着它们。

生活本身启发了我，使我有了这些文字。

我生活，说出我生活的全部感觉。这就是我的文学。

我不太在乎别人说了什么。对我而言，真实生活是从我开始的。我自己的感受才最有意义。作家都是通过自己接近人类。每个作家都希望自己最终发出人类的声音，但在这之前他首先要发出属于自己单独的声音。

有人问我对自己没上过大学，没受过高等教育是否遗憾。我认为对一个写作者来说，最高等的教育是生存本身对他的教育。你在大学念书那几年，我在乡下放牛，我一样在学习。只不过你们跟着教授导师学，我跟着一群牲口学。你们所有的人学一种课本，我一个人学一种课本。你们毕业了，我也学会了一些东西，只是没人给我发毕业证而已。

除了书本，我们已越来越不懂得向生存本身、向自然万物学习了。接近自然变成了一件困难的事。人类的书籍已经泛滥到比自然界的树叶还要多了。真实的生存大地被知识层层掩盖，一代人从另一代人的书本文化上认识和感知生存。活生生的真实生活被淹没了，思想变成一场又一场形成于高空而没落到地上的大风，只掀动云层，却吹不走大地上一粒尘埃。能够翻透书本最终站在自己的土地上说话的人越来越少。更多的人生活在一本或一大摞书本之上，就像养在瓷瓶中的花木，永远都不知道根在广阔深厚的土地中自由伸展的那种舒坦劲。我并不是说作家可以不用去看书，这个时代除了书你还能去看什么呢（电视、电脑也是另一种书）？书已经过剩得使读书早不是什么问题了，但却使书本身成了我们面对的一个大问题。

至于造就一个优秀作家的基本条件，我想这跟长成一棵树差不多，有深厚的土壤，有水、阳光，有足够长的时间，而且不被人砍伐，就可以了。

可是，我们看到许多作家几乎所有条件都具备了：有丰富的阅历，深厚的学养，知识、勤奋、文字表达都到家了，却最终没写出半部像样的东西。可能所有这些条件并不能使人更深切地接近生存，反而阻碍了他。

我走了十多年才到它跟前

北　野：你早年的诗歌创作，也是一枝独秀的，有许多论及西部诗歌的专著都开辟专节论述了你的诗。如果我没有记错，你写诗的历史不下十年，而写散文才仅仅三五年时间，为什么散文会后来居上呢，至少从轰动效应上看？

刘亮程：我的诗和散文是一体的，不过是情感的两种表达方式。我写了十多年诗，大部分诗歌也是写一个村庄。我用诗歌勾画了一个村庄的大致轮廓，那些诗中弥漫着恍惚与游移不定：影影绰绰的房子，面孔模糊的人，总是在不停奔波、丢失、错住在别人的村庄或把种子错撒在别人的地里。开始散文写作时，这个村庄已逐渐清晰了。似乎我从远处一步一步地走到它跟前。我走了十多年才到它跟前。

其实，我的散文也写了十年，才有了这本书。

当然，这个村庄的最终完成需要一两部小说。它的细部要留给小说去完成。我现在正写小说，它和我的散文诗歌也是一体的。

我对文体本身没有太清晰的分别。我只是在用文学完成一个村庄。什么时候用土块什么时候用木头，都要根据建筑自身的需要。我只是个脚踏实地的干活的。我知道一旦起了头，就得没完没了地干下去。盖一间房子怎么能算是一个村庄呢，一头牛、一条狗显然不够，得有一大片房子，许多模样相似的人、牲畜。一年与一年差不多的丰歉盈缺、痛苦欢乐。有时重复是必要的，在不断的重复中达到高潮，达到完美的极致。

写作本身是一个不断寻找的过程，有的作家一生盯住一个地方寻找，有的作家不停地换着地方满世界寻找，但最终要找的是一个东西。可惜许多作家不知道这一点，他们总认为自己有无数的东西要寻找。

我盯住一个村庄寻找了许多年，我还没真正找到，所以还会一遍遍地在这个村子里找下去。我相信在一个村庄一件事物上我能够感知生命和世界的全部意义。

以前我以为自己在寻找黄金，现在我懂得自己一遍遍寻找的，其实是早年掉在地上的一根针。黄金不会掉到地上，黄金是闪光的，太容易被找到。而一根针掉到地上，随便一点尘土就能把它埋没。

一个作家会在写作过程中慢慢懂得一些东西，这是作家自己的成长，别人不易看见。我懂得自己在寻找一根针时已经耗费十多年时间。在这之前，多少代作家在村庄里踏破铁鞋，这地方早被人找过了，啥都没有了，可我还是找到了一根针。

一根针这样微小的、一松手便丢失而不易觉察的事物，才真正需要我们去寻找啊！

我的文字和我所写的事物一样是平常的，你不平常怎么可以接近平常呢？

我从一把铁锨开始认识世界，我让一把铁锨看见它多少年来从没看见的活。这把铁锨因此不一样了。

但在我眼中它依旧是平常的。

我只是个干活的人，我干出了自己能干出的一大片活儿。并不是我有意把活儿干成这样，而是我只能干成这样。别人的评价跟活儿本身没关系。一句赞美的好话并不能当半截土块垒进墙里，更不能当一根椽子担在房顶。

就思考的深刻而言，我的散文并没超过诗歌。个别散文直接是诗歌的改写，或是一些未完成诗歌的另一种完成形式。诗歌这种古老的语言形式或许已经很难被人听懂，或许诗已经成为诗人自己的一种方言。这种时候用诗歌表达思想就显得相当费劲。你说了一大堆，别人听不明白，不接受。用散文这种形式，一下子就接受了。

但诗歌依旧是最高的文学，经过诗歌训练的作家与别的作家截然不同——他有一种对语言的高贵尺度。我努力让自己像写诗一样写每篇散文，我觉得自己还是个诗人。

我关注生活中那些一成不变的东西

北　野：你怎样理解农民意识这个词？我记得几年前，你的散文刚刚在本地报刊发表时，曾有人严厉批评你的散文“充满农民意识”。你认为你是靠“农民意识”取得今天这种局面的吗？

刘亮程：农民意识的字面理解无非是落后的、愚昧的、封闭的等与现代社会发展格格不入的东西，但农民意识中无疑也沉淀与保存着我们民族最深厚的、不易被改变和丧失的那些高贵品质。

有些人其实并不懂农民，只是简单地在使用农民意识这个词，就像许多作家只知道用田野、村庄、麦子这些从词典上捡来的空荡荡的词语描述乡村一样。真正进入这些词是多么不容易啊。一旦你真正进入了，你就不会简单地说出它了。

农村是我们每个中国人的老家。

有时候我们希望自己老家的那条路、那间破土房子永远都不要变，永远地为你留着。它对你多有价值啊。

而在广大农民的意识中，就有这样一些古老的东西为我们民族永远地保留着，永远都不会变，不会丢失。

能找到这些东西你就是大作家了。

一个有价值的作家关注的，恰恰是生活中那些一成不变的东西，它们构成了永恒。

城市生活不易被心灵收藏

北　野：如果我没记错，你离开农村进入城市已经五六个年头了。你的职业也由一个农机管理员变成一个文学编辑。请你谈谈你对城市的看法。

刘亮程：与乡村相比，城市生活不易被心灵收藏。一件事物进入心灵需要足够长的时间。城市永远产生新东西，不断出现，不断消失。一些东西还没来得及留意它便永远消失。

所有的城市都太年轻。在中国，大部分城市都是在一片苞谷地或水稻田上建起来的。掀开那些水泥块，一铁锨挖下去，就会挖出不远年代里最后一茬作物的禾秆与根须，而不是另一块更古老的水泥或砖块。

一座城市必须像庄稼的根与禾秆一样，长大、收割、埋入地下，再长大、收割、埋葬，轮番数次才可能沉积下一些叫作城市的东西。否则，楼盖得再高再多仍旧是一个村庄，穿着再花哨新潮还是一街拿工资的农民。

当然，城市生活为人的身体提供了诸多方便，乘车、取暖、煤气、餐饮、娱乐等，但人的心灵却总是怀想那些渐渐远去的、已经消失的事物。

乡村生活显然是闭塞的，它让人无法接触到更多的新鲜事物，却因此可以让人专注而久长地认识一种事物。

在乡村，你可以看着一棵树从小长到大。它不会跑掉。你五六岁时这棵树只有胳膊粗，长着不多的一些枝叶。你三十岁时这棵树已经有水桶粗，可以当檩子了。你看着它被砍倒，变成一根木头。这根木头又在不断地使用中被压弯，出现裂缝，最后腐朽掉。经历这样一个完整的过程，你便成熟了。就像经历了自己的一生，一切事物的一生。

当这些事物消失时，它已经进入你的心灵，成为你一个人的。

你能代表一棵草一只羊去生活吗?

北　野：当今中国文坛存在一种我称之为“文学圈地运动”的不良现象，一些作家，尤其是一些青年诗人，他们争先恐后往自己的作品中填充地名符号或地域标签。你显然不是这类好贴标签的文学圈地者，但你的作品中不断出现黄沙梁这个地名，你是否想过要做那片土地的代言人？

刘亮程：我不断提及黄沙梁这个地名，是想说明我生活在那里，有一个真实可查的生活原地，并不是要代表它说话。

你能代表一棵草一只羊去生活吗？你能代表一个八十岁的老人去面对他的死亡吗？你能代表一个半岁小孩去领受他的全部人生吗？代表不了。你连一粒尘土一片树叶都代表不了。你只是它们中间的一个。你代表自己的欢乐和痛苦，代表自己出生然后长大，代表自己生也代表自己死。

当你真真实实地代表了自己的时候，你会意外地有了一种更高层面上的普遍意义。

我们选择的记忆决定了全部的生命与写作

北　野：在你的文章中年代是模糊的，也就是说，没有确切的时代背景。以你当下的年龄（三十八岁），你出生后也经历了"文革"、改革开放等一系列政治运动及社会变革。据我所知，你的童年生活非常不幸，但你的文章中丝毫没有这些生活的影子。李锐先生在《来到绿洲》一文中写道："刘亮程把人间的不平，历史的蹂躏统统放在自己的世界之外，让生命浸漫到每一颗水滴、每一丝微风之中……他在脱落的墙皮、丢弃的破碗、蓬生的院草中曲尽人可以体会到的永恒。他使生命有了一种超越世俗的美丽和尊严。他把这尊严和美丽只给予生命，给予自然，而从不给予蹂躏生命的社会和历史，从不给予误会了人的'文明'。他从来不以生命的被侮辱被蹂躏来印证社会和历史的‘深刻’。”李锐对你的文字的理解可谓深刻到位，作为写作者，我们想听听你的见解。

刘亮程：我是一个会“晕年”的人，常常在周而复始的季节轮回中被转晕。我记忆中的年代也是一大片，重叠在一起的很多年。至于1962年、1999年等，对我只是些模糊的数字，我没有刻意交代它。尽管在这两个数字之间，中国发生了一系列各种各样的大事。你该知道在中国每发生一件事都是全国性的，再僻远的村庄都无法躲过，我生活的那个沙漠边缘的村子一样受到触及，我的家庭一样未能幸免。

但这似乎都是短暂的，我开始写作时，吸引我的是另一些更重大永恒的事物：每个春天都泛绿的田野，届时到来还像去年前年那样欢鸣的小虫子，还有风、花朵、果实、大片大片的阳光……每年我们都在村里等到它们。父亲死去的那年春天我们一样等来了草绿和虫鸣，母亲带着她未成年的五个孩子苦度贫寒的那些年，我们更多地接受了自然的温馨和给予。你知道在严寒里柴火烧光的一户人家是怎样贪恋着照进窗口的一缕冬日阳光，又是怎样等一个救星一样等待春天来临。

一种生活过去后，记忆选择了这些而没选择那些，这可能是一个人与另一个人的根本区别。

人确实无法选择生活，却可以选择记忆。是我们选择的记忆决定了全部的生命与写作。

每个时代都会发生许多自以为重大的事情，这些大事可能跟具体的某个人毫无关系。一个人可以在他平凡的生存中找到属于自己的更重大的事情。

这是我对我的文字的理解。

懂得自己是一片叶子时，生命已经到了晚秋

北　野： 请你谈谈故乡。我知道许多读者喜爱你的文章是因为从你的文字中找到了“故乡”。当然，你的黄沙梁不是一般意义上的故乡，它既是你的生存之地，又是精神居所。这两者的难以分解就像根和干一样构成一棵参天大树。

刘亮程： 故乡对中国汉民族来说具有特殊意义，它是身体和心灵最后的归宿。当我们老的时候，有一个最大的愿望便是回乡。叶落归根。懂得自己是一片叶子时，生命已经到了晚秋。年轻时你不会相信自己是一片叶子。你鸟一样远飞，云一样远游。你几乎忘掉故乡这棵大树。但死亡会让人想起最根本的东西。我们所有的宗教均针对死亡而建立，宗教给死亡安排了一个去处。一个人面对死亡太痛苦，于是确定一个信仰，一个“永生”的死亡方向，大家共同去面对它。儒家文化避讳死亡，“未知生，焉知死”。死亡成了每个人要单独面对的一件事情。这时候，故乡便成为身体心灵最终的去处。从古至今，回乡一直是中国人心灵史上的一大风景。

2000.5

闲事亦可惊心动魄

我们误读了平常事物

郭慕清： 多年来您的创作一直关注新疆，关注您生活过的村庄，您能简单介绍一下《一个人的村庄》、《虚土》和《在新疆》在创作上有何不同吗？

刘亮程： 《一个人的村庄》是我的元气之作，之后我写了《虚土》。《虚土》是我个人最喜欢的一本书，我写了一个如梦的世界。《在新疆》不一样，它是我这么多年来对南疆和北疆行走生活的一次回望，我只是写我的家乡新疆，写我在新疆的生活和感受。不是猎奇和传奇，家乡风物早已被我们视若平常。

郭慕清： 那您在创作中，是怎么从平常事物中挖掘到那些美感的？

刘亮程： 首先，事物本身不平常，那些看似平常的事物，其实是我们误解了它们。

郭慕清： 误解了它们？

刘亮程： 人一直在误解平常之物，用平常来描述它们。

郭慕清： 那您是怎么挖掘的呢？就像我们天天生活在都市，感觉就很难发现都市的美。我们看到的是雾霾，是拥堵，是高房价，这些都不是美的感受。

刘亮程： 你见识太多了，过眼的事和物太多，就没有时间停下来，去关注某一事某一物，一切对你来说，都是过客。不像我，我曾经生活在这么一个地方，地久天长地去看一些事情，想一件事情，慢慢把一件看似简单的事情的丰富性找到了，也就看到了它的不平常、不简单。

郭慕清： 这就是所谓一朵花也能看到一个世界，对吗？

刘亮程： 这是最起码的常识。一花一世界，一粒尘土也是一个世界，关键是我们用什么态度去对待这些世间的事物。我是一个作家，在我的眼中，世间万物有灵，这应该是作家的基本信仰。万物有灵理念来自萨满信仰，其认为天地万物都是有灵性的，人只是这天地万物中有灵性的生命之一。

郭慕清： 你怎么理解灵性？

刘亮程： 人是要把一个肉心修炼成有灵性的心，叫作心灵。心若无灵，只是肉心。人若想感受到天地万物之灵，首先自己得有灵，自己的心得是灵的，一颗不灵的心是没法感受到其他事物的美与灵的。

郭慕清： 你提到修炼，这怎么理解？

刘亮程： 谈不上修炼，只是领受，或认领。人在小时候，心都是灵的。很小的时候，你看见什么都大惊小怪，你对一朵花、对一棵草都充满好奇，可以跟一棵草玩耍一整天，可以盯着一只小虫虫盯半天，为什么？

郭慕清： 因为有童心在。

刘亮程： 那什么叫作童心？童心就是比我们这些成年人的心更丰富灵动的心。我们不能认为童心是一颗简单之心。完全不是。小孩通过他那颗稚嫩之心，通过他那双童年之眼，看到了比我们成年人更多的东西，所以他能盯着一只小虫看半天，是因为他看到了我们看不到的东西。平常人认为一只小虫一眼就能看透，可小孩能盯着看半天，他这样看看，那样看看，他看到了什么，我们知道吗？

郭慕清： 不知道。

刘亮程： 但是我们早年都是这样看过来的，都是这样充满好奇地用这双童年之眼看这个世界中的许多东西。后来，我们忘记了，所以所谓的修炼，或者是领受，就是把早年的那种眼光找回来，把那颗童心找回来，重新去看这个世界，并不是通过修炼。谁能给你一颗慧心？这颗慧心，人早已有之，只不过后来失去了。

郭慕清：就是所谓的蒙了尘，现在要做的事是把它擦拭干净。

刘亮程：可以这么说吧！

郭慕清：刚才，我们提到“认领”这个词，你能谈谈你对“认领”的理解吗？

刘亮程：人需要认领的东西很多，尤其到了中年，当我们看了那么多外面的世界，读了那么多外面的书之后，回过头来，需要朝着自己的家乡回望，朝着自己的过去回望，朝着养育过自己的乡土回望，而这些都需要认领。按照我们村里人的说法就是，上半生朝外走，下半生朝家回，人的腿总是一长一短，走着走着，就转圈回来了，不用谁来喊你。

郭慕清：那我们回来就是一种认领吗？我们又需要认领什么？

刘亮程：去认领那些早年经历却没有认真对待的事物，因为你只有回过头来看你的生活的时候，这种生活才有意义。我理解的文学，是对人生的第二次回望。第一次的经历是新闻，只有第二次回望的时候才叫文学。《一个人的村庄》是我在城市，在乌鲁木齐，对我早年生活的一场漫长回望。回过头来看早年的生活，你才发现生活如此不一样，跟你早年感受到的生活完全不一样，仿佛重回人间。早年匆忙中遗忘的太多东西，被捡拾起来。

郭慕清：你当时创作《一个人的村庄》时，有没有一个特别契机？

刘亮程：只是在乌鲁木齐打工，获得了一次朝着家乡回望的机会，仅此而已。

闲事亦可惊心动魄

郭慕清：你觉得你写的村庄和别人写的村庄最大的不同是什么？

刘亮程：我是用一个闲人心态去写《一个人的村庄》的，我没有写这个村庄中的春种秋收，没有写一年四季的盈亏，没有写村庄中一场一场的运动，我写了村庄中的人来人往、花开花谢，写一场一场的风，一场一场的梦，那个孩子独自穿越在村庄的黑夜中，趴在窗口听一家一家人做梦，然后当一个村庄的人都醒来的时候，他又独自睡着了，去做自己的梦。

郭慕清：你是在写一个村庄的“闲”？

刘亮程：是一个人的村庄之梦。把劳作放下，收成放下，一个彻底的闲人，闲到自己的心境像一朵云一样，一朵花一样，一阵风一样。

陶渊明是去找“闲”，寻一个世外桃源，到那儿去创造“闲”，他那种“闲”是造出来的。我这种“闲”自在自然，像有一阵没有一阵的风，不知从何而起，又不知从何而终。

我在书里塑造了一个闲人刘二，他整天扛着锨，在村里闲转，不用春种秋收。他最大的乐趣就是看，去看别人劳动，他跟虫子玩，他追着风跑，去丈量一场风有多远，他盯着一朵花开谢，他认为这是大事情。这样一个闲人，到谁家去从来不推门，等风把门刮开，然后进去，风又会把门关上。他每天最大的一件事情，就是早上站在村头，独自迎接日出，他认为这是大事情。

在他看来，太阳出来了这是天地间的大事情，改朝换代也没有日出这样的事情重大啊！但是，这么大的事情没有人关心啊！太阳出来了谁关心，整个北京城，每天太阳出来了谁关心，谁操心这个事。你家远方来个客人，都有人去接机、迎候。太阳这么大的事物从东方升起，都不管，北京城不管，整个国家也没人管。但是我们村子里的闲人管。闲人站在村头，庄严地迎接太阳升起。

每天太阳落下时，闲人又独自站在村西头，送走日落，他认为此时此刻整个世界最大的事情就是太阳落山，难道有比这更大的事情吗？闲事亦可惊心动魄。太阳一落，天就黑了，整个世界陷入黑暗，这才是大事情。这就是闲人做的大事。他操心的都是人们不操心的事。中国古代也有这样一个人啊，杞人忧天，整个几千年过去了，就出现了那么一个人，担心太阳落了再也不出来，我们其他人都不担心。

郭慕清：你对于“闲”是不是在某个特定时刻，有过顿悟或者是彻悟？

刘亮程：谁不想闲呢，闲是人的本能，但是你闲下来了，你就真的闲了吗？你脑子里还挂着的东西太多，至少没有把这个世界的轻重放下。

郭慕清：这是不是就和佛经中所说的放下“我执”有些类似？

刘亮程：佛是去修的，让人脱离俗世，把俗事放下，把佛事拿起，强迫性的修炼。我说的“闲”，是人在生活和自然中的一种自在心理。

郭慕清：我看你文章的时候，就想到三个字：“渡，自在。”

刘亮程：该是什么就是什么，该怎么样就怎么样，天下雨了就下雨了，一个人自在地接受自然的变化。然后，接受命运给他的整个人生。

郭慕清：你的这种自在，或者是放松，也是一点点认领来的？

刘亮程：应该是这样子的。

人生况味犹如一罐中药

郭慕清：很多人喜欢您的文章，但是也有人评价说您的文章“看不懂”，您怎么理解这个现象？您觉得您的文章难懂吗？

刘亮程：文学的懂是一种心灵感受。而许多读者用价值判断取代心灵感受，这或许已经偏离文学。

郭慕清：他们没有进入你的体系？

刘亮程：我们一般的教育，从小学到中学到大学，价值教育太多了，创生了好多价值教育，把这些强加给孩子，从小就告诉孩子什么是对的，什么是错的，什么是高尚的，什么是卑贱的，什么是有价值的，什么是没有价值的，什么是伟大，什么是渺小，告诉孩子的都是这些内容。

郭慕清： 这可能是家长、老师们怕孩子们犯错误。

刘亮程： 我认为应该把一切平等的观念告诉孩子，人世间没有什么大与小，没有什么贵与贱，没有什么伟大与平凡。我们要让一个幼小的生命知道，只要他是平安的、快乐的，哪怕是淡然平常、一无所获地度过这个人生，都是幸福的。

郭慕清： 但是我们一开始告诉孩子的全是追求，要争取，要竞争。

刘亮程： 是这样的。在我的作品中，我呈现的价值体系是平等的，没有大小，没有尊卑，没有好坏，没有纯粹的快乐和忧伤，没有单一的忧与乐、悲和喜。

郭慕清： 没有单一的悲和喜，这怎么理解？

刘亮程： 活到一定年纪，人生况味犹如一罐中药，酸甜苦辣熬在一起了。曾经有过简单的快乐，有过简单的痛苦。但是，苦与乐被揉成一团，成为一种情怀。

郭慕清： 那这种情怀是不是比感情更高一些？

刘亮程： 它应该更稳定一些。一般人，可能到了中年以后会有这样的心境，不会为了一件事情去突然的悲伤和喜悦了。

郭慕清： 不以物喜，不以己悲了。

刘亮程： 这种心境，就是五味杂陈。

郭慕清： 那还有你在《对一朵花微笑》中看到一朵花，对一朵花微笑的心境吗？

刘亮程： 当然有，它把人间的五味归于一味，这叫作真味。不是把一切简单了。一个人该笑时就笑了，笑中也有哭。该哭的时候就哭了，哭中也有笑。

郭慕清：我在你的一篇文章中看到，你说，你在创作《一个人的村庄》时，心境要更纯粹一些？

刘亮程：写《一个人的村庄》时，我三十多岁，跟你一样大，那个时候我还是青年，但已经很老成了。

郭慕清：你现在怎么看这种老成？

刘亮程：作家就是一个貌似老成，但是内心幼稚的人。他长着一个老年人的身体，但怀揣一个孩童的心，这就是作家。有时候，他的身体越老，内心的孩童就越小，乡下人也这样说，人一老，就变成小孩了。

郭慕清：这也是人生规律，老小孩啊！

刘亮程：作家也应该这样。

郭慕清：你觉得你是怎样一个人？

刘亮程：不好说。一个闲人。

郭慕清：每个人对自己都有一个认识，就和世界观一样，你的世界观是和别人不一样的，你对自己的认识是不是也和别人对你的认识不一样呢？

刘亮程：通过学习认识世界，通过写作认识自己。写了那么多的人和草木牲畜，其实写的都是自己。

郭慕清：你的思想有受《庄子》影响吗？

刘亮程：一般人读《庄子》，把它当作一门深奥的哲学。我读

《庄子》，一看就懂了，那是一种内心状态。这种状态一般人也有，你到村里面，去和那些老头们聊天，你会发现，村里面满墙根坐的都是“庄子”，只是你不屑于去读那些老头，那些老年人经世那么久，满脸沧桑，眼睛放着童稚的光，对过往行人充满好奇，你坐在那里，偶尔听他们说两句话，那都是至理名言。

郭慕清： 我们现在读了那么多书，其实是走了一条南辕北辙的道路。

刘亮程： 当然，课堂教育是需要的，我们缺失的是民间教育。回去跟你的爷爷奶奶聊聊天，听他们说说话，讲讲故事，尽管很唠叨，很啰唆，但是，这些东西是难得的。也听别人的爷爷奶奶去说说话。我们一般认为老年人太啰唆，说的全是废话，但是你耐心听听，他们比年轻人废话少。年轻人说的全是有用的话，有用的话全是废话，没用的话才是实话。那些人活了一生，偶尔一两句经验之谈，仿佛天人语。

我们遇到的所有麻烦，根源都在于怎么对待好坏

郭慕清： 我看了很多写乡村文学的作品，很多作家的成长经历跟你不太一样，他们是城里人，或者是知青，他们的作品中有一种“看客”，或者说体验的成分在里面，而你是生在村庄，长在村庄，写的也是村庄，你写出的关于这里的文字好像是长在你的身上，自然流淌出来。

刘亮程：或许土地会像长出苞谷和麦子一样，长出自己的言说者。我只是写出了我在广袤大地中一个小村庄里的梦。但是乡村真的是那样的吗？我完成的是一个文学的村庄，它跟那块土地血肉相连。但它是一个梦。

郭慕清：真实的乡村也有一些不好、不美的东西存在。

刘亮程：在我的价值体系里，没有什么不好的，或者不美的东西存在，甚至这样的概念都不存在。存在不美的吗？哪有不美的，哪有不好的，这种价值判断无端地把一些事物判了死刑，归类到一个不该归类的方面去了。哪些是不好的，应该用一种宽和的眼光把这种好的，或者不好的，都放在一起，去共同感受它。

郭慕清：有人说，要更好地感受美的事物，要学会用儿童的视角来看世界，因为儿童看到的是这个世界真善美的一面，所以我们用儿童的视角看世界，要把那些负能量、不太好的东西过滤掉，你怎么看？

刘亮程：儿童过滤了吗？儿童恰好没有过滤，他眼中的世界全是美的好的。很多人看似在用儿童的眼光来看世界，装出一颗无辜的童心，但儿童真是那样的吗？儿童的视角肯定要比大人的更丰富。现在很多儿童文学把世界简单化、好奇化、幼稚化，我要是孩子，肯定都不会高兴。孩子们看了也不会高兴，他们会笑话大人的智慧。孩童看到的必定是比我们看到的更丰富的世界、更饱满的世界，而不是更简单的世界。我们现在是大人假装孩子的眼光去写童话，然后再强加给孩子，孩子也不好说什么。

郭慕清：我们很多时候并不知道孩子们在想什么。

刘亮程：应该知道的，应该相信孩子比我们更丰富，因为他们没有好坏判断，没有我们所说的价值判断，所以他能够看到一个完整的世界，他不会把你认为不想看到的东西撇到一边去，他能欣赏你所谓的美，也能欣赏你所谓的丑。

郭慕清：那为什么孩子看到火不觉得危险，还要去碰？

刘亮程：他不觉得危险，那种危险是你后来告诉他的。孩子也没有脏的概念，他们玩泥巴、捉虫子，在孩子眼里这些东西都干干净净。

郭慕清：这就是"无为"吗？

刘亮程：世间所有的一切，都是有尊严、有存在理由的。你不能简单地把世间的东西分成好与坏，然后区别对待。古人讲"厚德载物"是什么意思，大地如此宽厚，承载万物，它承载草木葱郁的南方，也承载荒天野地的北方；承载风沙，也承载河流；承载好人，也承载坏人；承载猛兽，也承载温驯牛羊；承载着美，也承载着丑。这就是厚德载物。

古人都知道这样的道理，我们儒学教君子去学什么，就是去学这种胸怀，把天地间的好坏放下，先去承载，先去认领它。它是我们的，不是别人的，坏东西也是我们的，不是别人的，因为这个世界没有别人，是不是？你能把坏东西弄到哪里去呢？但是我们的教育中，早早就把好坏分开了。

所以，我们后来遇到的所有麻烦都是我们怎么对待好坏的问题，本来是没有问题的，一朵鲜花和一片败叶都是好东西，都是可以接受的。一个穷人和一个富人，应该也都是一样的，只是我们无端的给了穷人那么多不好的东西，给了富人那么多荣耀，让我们具备两种眼光，看穷人的眼光和看富人的眼光，那本来应该是一种眼光的。

郭慕清：假如真的存在这样一个世界，这样的世界会乱吗？

刘亮程：我想上天造这个世界的本意是没有尊卑，没有大小高低，没有好坏分别的。

一个孩子假如跑题百里给五十分，
假如离题万里给一百分

郭慕清：假如当年《一个人的村庄》没有受到那么多关注，你现在的生活会如何？

刘亮程：还能有另外的生活吗？

郭慕清：那你是更喜欢作家的你、农民的你，还是什么其他角色？

刘亮程：对一个作家来说，文学创作只是一种状态，就像我现在的生活，上午写作，下午或许就在菜地锄草。文学教会了我一种感受生活和觉悟生活的方式与能力，并不能让我变成另外一个人。

郭慕清：我觉得，生活中能有闲心是最好的，把这种状态带到创作中，也能带来很多趣味。

刘亮程：闲是一种很高的境界，我在文字中创造的闲，不能等同于村人的闲懒，乡村无大事，若要闲事成趣，也不是几句闲笔可以实现。

郭慕清：你写散文，是因为生活的“闲”吗？

刘亮程：我的散文都是些闲散文字，供人消闲，不能让自己累，也不能让别人累。所以，文学中就要放弃功利，放弃对错，放弃好坏，放弃大小。用你的心重新去感知认领这个世界。

郭慕清：那留下的是什么呢？

刘亮程：留下的就是人的心灵在这些平常事物中的自由自在。你用闲时间去写那些斤斤计较的东西，仍然是不闲呀，不是吗？

郭慕清：我上大学的时候出版了一本小说，我写书之前，没有写过长篇，就是突然有一天看到别人都在写书，我也想要写。那时候的感觉很巧妙，仿佛不是我在编故事，在写小说，而是莫名中有一种力量在驱使着我写，因为我写第一章的时候，不知道第二章是什么，写故事开始的时候，不知道结尾是什么。当时，跟我的同学做了一个比喻，好像《新华字典》中的汉字都摆在我的面前，我仿佛是一个大将军，写作是在调兵遣将，我说，今天这一列汉字出来，明天那一列汉字出来，然后呢这些文字就出现在我的文章里了，就是这样一种感觉，你有这样的感受吗？

刘亮程：这很好。写作本来就应该是这样的感觉，许多作家一开始写作的时候，也是这样一种状态，莫名其妙的，一种“无知的智慧”。

郭慕清：“无知的智慧”？这个怎么理解呢？

刘亮程：写作的最佳状态是一句句地拨开自己的黑暗，而不是自己明明白白，给读者拨云见日。作家被“无知的智慧”引领，朝那个黑暗处走去，冥冥中似有一盏遥远的灯在召唤，你只是朝着它走，读者欣赏的是你的茫然、矛盾、焦虑、绝望和希望。你无所谓往哪里去写，写到哪里都是好的，因为不知道目的，所以处处是目的，没有路，所以遍地都是路。

我写《一个人的村庄》时，也是这样一种状态，我只知道第一句是什么，不知道最后一句是什么，我只是朝着一个“感悟”的方向去写，而不是朝着一个“意义”的方向去写。我写作也从来没有先起一个标题再写作的，每一篇文章都是无名的，写完以后，顺手摘文章中的一个句子放到前面，就算是标题吧。我一直不理解现在孩子们的“命题作文”，要有主题，要有观点，按照我的观点理解，“主题”的意义应该是让孩子们去“跑题”，而不是让他们去“扣题”，一个孩子假如跑题百里给五十分，假如离题万里给一百分，应该这样去打分。

文学呈现的是人的想象和感悟能力，给一个主题，并不是要紧扣着这个主题去写，而是把主题放在千里之外，远远地看着它去写。写作者的笔意在云端而不在身边。我们的命题作文，就是怕学生跑题，羁绊学生的思维，那主题就是一个拴驴桩，牢牢钉在地上，让思维的驴子围着这个桩子一圈又一圈地原地打转，不敢走远，也走不远。

郭慕清：这即是所谓的“扣题”。

刘亮程：这样培养出来的孩子，除了主题就不知道世间还有其他路。只给一条“标准答案”的路，把千万条路变成绝路。

郭慕清：那你觉得写作是可以教的吗？

刘亮程：写作不可教，唯一可以教的就是让大家去敞开心，放松自己，无边无际地去想象。

家乡不动，时间流逝，人不知不觉到了远方，这就是乡愁

郭慕清：很多人都说你的作品呈现了一种“乡村哲学”，你怎么理解“乡村哲学”？

刘亮程：是一种“慢哲学”吧。天地之间，季节是一条走不错的路。按春夏秋冬过日子，于日出日落间作息，在这种悠长的慢生活中活出来的慢哲学。现在城市人把“慢”当成时尚，其实我们的祖先老早就过着这样的“慢生活”，因为农业社会没办法快。陪伴我们的所有东西都是慢的，首先要在长夜中等待日出，然后日出而作，又在劳累中等待日落而息。在这期间，作物的生长是慢的，要等待种子发芽、开花结果，哪一步都快不了。在慢事物中慢慢煎熬，慢慢等待，“熬”出来一种情怀、一种味道、一种道德观念，这就是乡村文化，乡村哲学。

我们的农业文明，就是在等待麦子和稻谷黄熟的过程中，成熟起来的一种文明，它不同于其他文明。在这个过程中，我们把许多事情想清楚了，把许多秩序建立了起来。

我所写的可能是一种坐下来想事情的哲学。坐在土墙根，面朝着太阳，背靠晒热的土墙，身前身后都是暖的，这时候一个人想的事情，或是人在天地间悠然自在的事情，有贫穷，有病痛，有苦难，但是太阳一晒，全都蒸发干了，剩下的是人在天地间的一种认命，一种“认命哲学”。我们祖先早已经认了这种命。认了命，才能在这种大的命运中自在的生活。假如不认命，那你就活得不舒服呀！要去抗争，去改变。历史上求变的事件多了，一场一场的农民运动都在求改变，但是最后又都回来了，那些造反的天下英雄，最后又都回到土墙根晒太阳了。乡村文化有一种让人走出多远都能回来的能力。

郭慕清：在现实中，乡村其实是一个不断消亡的概念，现在新农村建设、城镇化建设，鼓励很多农民进城，都在大力发展乡村工业经济，你怎么看待这个现象？

刘亮程：农民进城不见得就会乡村消亡。这个过程非常漫长，或许还会有逆城市化的力量转变局面。即使农民都进城了，也会把乡村文化带进城市，城市不可能给他一个完整的文化体系，去完全地替代乡村文化。

郭慕清：那他的后代呢？

刘亮程：他的后代会慢慢变成城市人，但是这个过程很漫长，至少有一些最基本的东西不会改变，我们还会在这样的文化中生老病死。

郭慕清：我们还是会有乡愁。你怎么理解乡愁？

刘亮程：“乡”是家乡故乡，是乡村文化在我们心中代代积累。乡愁则是我们中国人共有的特殊情绪。

乡愁首先是一种文化情怀，从《诗经》时代，我们就开始怀乡，之后的楚辞汉赋、唐宋诗词，一直到现在，怀乡精神充满了中国文学。假如把怀乡从古诗词中去掉，那么我们的古典文学会逊色许多。这是我们的传统，一个“愁”字，千肠百结，千古传唱。

其次是城市人的乡愁，愁的是被扔在远处的家乡。他们怀念小时候的村舍、玩伴、青山绿水。从童年、少年走到了中年、老年，岁月远去，时间之河，将乡愁倒流回来。

郭慕清：你有乡愁吗？我觉得你一直生活在乡愁的那种状态里。

刘亮程：我从小就有乡愁，即使生活在乡村，但是时间远去，童年不再，岁月催人老，这些东西都容易产生乡愁。一个人在世间漂泊的感觉，它更多的跟你的家乡没有关系。家乡不动，时间流逝，人不知不觉到了远方，这就是乡愁。

任何一种生活都可能被写成经典

郭慕清：我看你的《一个人的村庄》，我感觉到的是你说的这种无大小、无高低、无尊卑、万物平常的价值体系，但是在《白鹿原》中，我们更多是读到了书中的“秩序”，与你的村庄不同，你怎么看？

刘亮程：陈忠实写的主要是白鹿原上的人事纷争、家族斗争，所以他没有办法用我这样一种态度去书写，他用这样一种态度去写，就无法写故事了。

郭慕清：其实乡村中的家族斗争也挺多的。

刘亮程：一定程度上，我们的乡村文学其实是农村文学，写的多是土地上的运动，一场又一场你来我往的运动。让乡村进入这样一种叙述体系，没完没了的争斗，一代又一代的仇怨，这不是我想看到的乡村。我觉得，比这样一场一场的乡土运动更重要的，是人的生老病死。但是很少有作家把生命当成一个主体去写，许多是把社会背景当成一个主体去写，我们看到的是大背景裹挟下的人。

郭慕清：我看一篇文章介绍，说您读书是"不求甚解"，到底是怎么样的一个"不求甚解"？

刘亮程：读书和看天地一样，看几眼，看明白就行了。

郭慕清：但是我看你看一朵花，盯一只小虫，非常仔细，这是一种"很求甚解"的感觉。

刘亮程：看天看地即是读书呀！不见得非要抱着书去看，你看书的目的就是能获得一种方法而已。假如你明白这种方法了，那你看书干什么？看书就是学习吗？假如有一本书跟你产生了共鸣，跟你的心灵去沟通，这就叫作交流，就不能称之为看书了，这是两颗心灵的相遇。一般的看书都是学习，抱着学习的态度去看书，又有功利了，又不能专心欣赏了，老是盯着人家的好句子，盯着人家的结构，一本书是让你这样读的吗？

一本书假如你能读进去，你应该心灵跟着文字去行走、去游历一个精神历程，这叫作读书，获得一种别人不曾有的情感经历。作家读书都是看别人怎么写的，一般人读书可能比作家更纯粹，他们能够读进去，把自己的情感融入一本书中。

郭慕清： 能够进入那本书的状态里。

刘亮程： 是，这很好。

郭慕清： 你的作品给人一种闲人闲趣的味道，我特别想知道在生活中，你有没有那种特别纠结、激烈的思想斗争，有那种被撕裂的感觉？

刘亮程： 我没有那种特别激烈的情绪，别人看我老觉得我不爱笑，愁眉苦脸，其实我内心是欢喜的。

郭慕清： 我看你写的《先父》，有深深的伤怀的情绪在。

刘亮程： 这是人之常情，但是写完了，也就释怀了，有时候文学就是一个倾诉吧！

郭慕清： 很多人从你的成长经历、生活环境来看，会觉得你应该比较缺乏创作素材的，可你的出现给我们带来很多的惊喜。你怎么看待这个问题？

刘亮程： 谁都不会缺少创作素材。

郭慕清： 可能我们平常讲的文学创作素材一般是指那些很戏剧性的、具有强烈冲突的东西。在新疆，在您的生活中，可能这种东西少一些，生活更平淡一些。

刘亮程：任何一种生活都可能被写成经典，一事一物皆可入文，只是我们对这种生活不认识，我们只知道它的皮毛，不知道它的内涵。题材能决定一部作品？一个作家找到了一个好题材，就能写成一部好作品？我觉得不是的。真正的文学创作，连素材都是原创的。只有原创的素材才能成就一个原创的伟大作品。哪一个伟大的作品是借用一个现实的题材，或者借用一个典型的题材的？《红楼梦》是谁给曹雪芹的素材？

郭慕清：这与曹雪芹的成长经历有关。

刘亮程：他的成长经历，也是他原创的。

2014.10

原文刊载于新华网

我喜欢写被我视若平常的事物

第一天：8月14日

符　二：谈谈最近的写作动向。

刘亮程：在写一部跟新疆历史有关的小说，故事发生在公元1000年前后。

符　二：是在北宋时期。

刘亮程：是。那是新疆历史上最重要的一个时期，于阗佛国和喀喇汗王朝经过近百年的战争，最终喀喇汗王朝取得了胜利。这是故事的背景。但战争和冲突不是我关注的重点。我关注的是声音和语言。

这本小说名叫《捎话》，讲的是一个懂得几十种语言的捎话人的故事。因为战争，书信往来困难，只有动用民间的这种捎话人，把大到一个国家，小到一个个人的话，长途跋涉捎到另外一个地方传给别人。

符　二：捎的过程中会不会像我们玩的传话游戏一样，最后传得相去甚远，甚至面目全非？

刘亮程：会的。因为语言在捎的过程中都会变。语言是最不可靠的。写成书面的东西可能相对可靠一点，但是靠口传是绝对不可靠的。语言会走形。每个人都有自己的记忆方式，在向别人转述的时候，因为语词的关系，还牵扯到翻译的问题，可能将一句话变为相反的另一句话。我们汉语有句谚语：话经三张嘴，长虫也长腿。这就是传话过程中语言的走形。传到远处的话大都面目全非。我写了这样的一个故事。预计得两年时间能写完吧。

符　二：动笔了吗？

刘亮程：已经写了一部分了。感觉写作的过程也是一次长途捎话，从遥远的先人那里把话接过来，捎给现在或以后的人。只是不知道那些接话的人都是谁。另外，文字的方向也一再地改变，最终写出来，肯定又是一部与原初构想面目全非的作品。

符　二：现在透露，难道不担心两年后还没完成，却已被他人抢先拿去写了吗？

刘亮程：没关系。也不可能。我就是把故事全部告诉别人，别人写出来也是另外的一个故事。作家是一种最不老实的捎话人，他不安分于现实。同一句话在一百个作家那里有一百种说法。同一个故事自然会被写成一百个故事。

符　二：从一开始，您就在气定神闲地书写村庄，书写新疆大地上发生的所有一切，最后赢取了声名和读者。成功的一个重要因素，是关于新疆的题材比较讨巧吗？

刘亮程：我从来不写新疆的传奇，从来不猎奇式地写新疆题材。新疆是我的家乡，家乡无传奇，看啥都是视若平常。我喜欢写已经被我视若平常的事物。因为只有这样的事物，才是我千百遍熟悉过的，我才能够把握和呈现它。当我书写时，那些被我看旧的事物又是多么的新鲜如初。

符　二：刚才说到新的写作方向，您是否想要突破和颠覆此前的自己？

刘亮程：我没想过要超越自己，颠覆自己。问题是你超越自己要干什么。我超越别人就可以了，为什么要超越自己？

符　二：但很多作家都在为读者改变。

刘亮程：但很多作家改来改去多是在原地转圈。只是在变花样。作家可以不断地完善自己。但是读者往往对作家的完善视而不见。读者不欣赏你的成熟，欣赏的是你最初的那种冲动，那种内心盲目的、茫然的、不知所措的冲动。作家茫然不觉时已经把最好的作品给了读者。读者还想要更好的。有时候作家和读者是相互偏离的。作家常常想要把活儿越干越好，每一部作品都打造成一个精品，而这或许不是读者需要的。你在一件玉雕作品上再多动一刀,少动一刀,读者对这个视而不见。他要的可能还是你最初给他的那些。但你没有了,或者变化了。

符　二: 这也不能责怪读者。

刘亮程: 是两种愿望和追求。读者的阅读愿望和作家的写作愿望是两回事,所以可以互不理睬。读者可以不理睬作家,你写得再好是你自己的事情,我可以选择去读别的新作家。作家也一样,他也在选择读者。

符　二: 那您认为写作的过程包不包括读者的阅读?

刘亮程: 不包括。写作独立于阅读之外。阅读只是读者跟作品的相遇。

符　二: 我想知道,当初写《一个人的村庄》和《虚土》的时候,您知道它是好的东西吗?

刘亮程: 我写的时候,就觉得它好得不得了。都不忍心快快写出来。

符　二: 那如果没有读者的回应与认可呢?

刘亮程: 一部作品被广泛地阅读、欣赏和解读,会被更多的人挖掘出更多的意义来,这部分是靠阅读完成的。但是首先这部作品要能经得起读者的阅读。其实一部好作品,它面对的不是一代人的阅读。一代人把它看熟悉了,下一代人来看仍然是新鲜的。就像《一个人的村庄》和《虚土》,我相信再过多少代,人们翻开这本书的时候,仍然认为这些文字是新鲜的。

作家不需要过多地为读者着想。当然,你要写一部畅销书,首先考虑的肯定是读者群，你的读者是谁，你在为谁而写作。但是，我确实不知道我的读者是谁。尊重读者的唯一方式是你的作品的品格。

《一个人的村庄》是在漫长的十年时间里，一篇一篇去写完的。我不知道自己能写到什么程度，但我知道一旦开了头，无论我从一棵草写起，还是从一条狗写起，我都能把这个村庄写出来。每一次写作，都在茫然的醒悟中开始，同样在一种醒悟的茫然中结束。

符　二： 那是一种混沌的状态。

刘亮程： 我喜欢这样一种混沌的状态。

符　二： 如果这次写作不成功，您现在在做着什么？

刘亮程： 我小时候学过许多手艺，编制、木工、种地，随便干一件都能活得好好的。

符　二： 感到满足吗？

刘亮程： 我见过太多生活在最底层的人，知道什么样的生活人都能过。一个种地的刘亮程和一个写书的刘亮程，我都可以接受。

符　二： 再成功的作品也不可能达到那种极致的完美，所以我想知道，您觉得自己的作品缺陷在哪儿？

刘亮程： 记得刚开始文学写作时，我是一个很不自信的写作者。我看那些优秀的文学，觉得这辈子可能永远写不了那么好。所以一开始就没把自己当成一个多么出色的作家，只是一篇一篇去写，在写作过程中，我发现我把好多自己的缺点规避了。

符　二： 比如说？

刘亮程：这我说不清楚。每个作家都有自己的缺点或短处，他只是不把这个展示给别人。“文”就是花纹嘛，作家靠文字的花纹可以把自己的缺陷掩盖起来。或者他天然就懂得去绕开自己的缺点，呈现所长。再或者说，他有办法让缺点成为特点。我的许多缺点其实都变成特点了。你不觉得我的文字很有特点吗？

符　二：把不好的隐藏起来。

刘亮程：不用隐藏，他只呈现他能够呈现的，不去碰他碰不动的东西。他不用鸡蛋碰石头，他用石头去碰鸡蛋。一个成功的作家，天然知道选择去做自己能做好的事。什么叫好？就是干了自己能干好的事就叫好，而不是干了自己干不好的事，那样好事情也干坏。

符　二：传统的小说是有情节有故事的，线性的，指向明确的。但是您的两部小说，仿佛只能完整地存在于小说本身之中，不可转述，无法概括。我想问的是，您如何看待自己的小说？

刘亮程：也有读者读《虚土》，觉得不知道顺着哪个线索去读。但是也有很多读进去的人，说这部小说好得不得了。不是有两种读者吗？

符　二：您是否有一种野心，想要成为新疆的马尔克斯，或者退一步，成为新疆的代言人？

刘亮程：我是一个闲人，不操心去成为什么。我觉得像我这样，一旦进入写作的状态，感觉来了的时候，我是完全自信的，无论我写到哪个地方，都能石头开花。

我们常说作家写作要有灵感。作家是把灵感变成常态的人。要不然一个人一天天坐在那儿等灵感,等到何时才能写出一部作品?

符　二: 现在是您写作最好的时候吗?

刘亮程: 我写作状态最好的时候是写《一个人的村庄》时。那时候更纯粹。《一个人的村庄》是我青年时期的成熟之作。我在乡下思考了那么多,写了多年的诗歌,有这样一个漫长的准备时期。到城市来,远远地想起自己的家乡,完成了一个人对家乡的回望。它是我的处女作,是我的元气之作。到现在,有人说我无法超越《一个人的村庄》。我说对的,我不需要超越它。但我会绕过它,写出另外一部书。

符　二: 有什么特别的写作习惯吗? 读者总是期待那些出乎他们意料的东西。

刘亮程: 一般都是早晨或下午抽点时间写写东西,有时候不写,就是打开电脑看一看那些文字,还在那儿躺着。就是时刻关照它,不要断了联系。有时候好久不写,也打开看一看,里面写了一半的文字,停在那里。我写得很慢,"慢"也是闲人的一种生活态度,时间都是被慢人拖延住的。

符　二: 您被誉为"乡村哲学家",您怎么看待这个称呼?

刘亮程: 到村里面去,那些老头偶尔说一两句话,你也会觉得像是哲学家。人家琢磨了一辈子,说几句话,当然够你琢磨一阵子。我记得小时候,家里活多,我一偷懒,我后父就说:"人站一站也老呢,你为啥不动一动呢?"说我为啥不干活,站在那儿闲着也会老的，为啥不去干干活？最后我把这句话写到书里面了。写到书里面的时候我是这样理解的：既然人动一动也会老，我为啥不站着？忙着也会老，我为啥不闲着？既然都是这样，那选择闲肯定更好嘛。

符　二：同一般人比较起来，您觉得自己观察事物的方式、对待生活的态度有何与众不同之处？

刘亮程：我关注生活，但其实我是在关注时间。人在时间中的衰老和年轻，希望和失望，痛苦和快乐。人在时光中的无边流浪。

符　二：您很痴迷于这个东西。

刘亮程：我在《一个人的村庄》里写道，一根木头在时光中开裂，一根木头经过几十年的岁月在某个墙角慢慢地腐朽掉。在这个过程中，时间成为一个关注的焦点。伴随时间的这些人和事物，成了配角，时光里的随波逐流者。

符　二：每次下笔，就算面对的是一头驴、一棵草，您都从不流露出一种居高临下的姿态。这是否出于天然的对事物的理解？

刘亮程：任何事物，包括一个土块、一个石头，你只要安静下来，有跟它沟通的愿望的时候，它就能沟通。

当我告诉你我都能看懂一棵树的时候，你可能不相信。我看到路边的一棵树，跟它对视的时候，我就觉得我能看懂它，我能知道它为什么长成这样，我能知道树的某一根枝条为什么在这里发生了弯曲，它的树干为什么朝这边斜了。我完全知道一棵树在什么样的生活中活成了这样。而且，我也能看到树在看我。

符　二：这难道不是常识或知识所致？

刘亮程：是交流。有时候看到树的某个地方突然弯了一下，你会感动，就像看到一个人受了挫折一样。这种感动就是一种交流。

我崇尚萨满教的万物有灵。萨满认为，每一个事物，不管是有生命的还是无生命的事物，都是有灵的。我觉得这应该是一个作家的信仰。在作家眼里，所有事物都应该是有灵的。我们不跟它交流或者说我们不能跟它交流，是因为我们光有“心”没有“灵”。

符　二：怎么讲？

刘亮程：作家是“心有灵犀一点通”。跟谁通？跟其他事物的“灵”相遇、交流、对话。感知彼此的存在。最好的文字都是有灵性的，在事物中自由穿行，文字到达一根木头时，木头有灵。到达一片树叶时，树叶有灵。文字所到之处，世界灵光闪闪。

符　二：我注意到您的作品，用词颇为精准，句型很是简明。对语言有什么追求？

刘亮程：我的语言感觉非常好，敏感，就像一个天才的音乐人对音符的感觉一样，有一点点不好都听不下去。我的阅读和写作也是这样。我读过一些作家的东西，别人说这个小说很好，但我接受不了他的语言。那种语言，砖头一样硬邦邦地在堆砌故事，生造事物，我受不了。写作也是这样，我觉得某个字不合适，我都没法写下去。

符　二：所以写下的每一句话，都那么感性却又明晰。

刘亮程：我们古汉语中，语言自身的逻辑非常清晰，不需要那么多的成分，疙疙瘩瘩地挤在一起。

你看明清笔记，多简洁呀。他们叙述一个事物的时候，无论场景复原，还是[illegible]的描述，都一句话就能到位。现代汉语受翻译语言影响，句式[illegible]一个句子读完不知道中心在哪儿。好多作家受翻译语言的影[illegible]子很长，句子中塞入了过多的内容。相对而言，我的语言还是[illegible]，接近古汉语。我对词语的这种要求，对语言的这种苛刻，再[illegible]我有十多年的诗歌写作经历，还有在西北地区受当地口语的影[illegible]—西北人说话都是短句，语言中缺少成分，说半句话——你在[illegible]话语中很少听到一句完整的话，好多人只说半句话。说半句[illegible]懂了，为什么要说一个完整的句子？写作也是这样。半句话能[illegible]完的，就没必要说一句。最好的句子是半句。半句说完一个事[illegible]

符　二：但是有[illegible]作家都会担心读者看不懂他们写什么。

刘亮程：不自信[illegible]作家都是怕别人不懂。自信的作家都是自言自语，不管别人懂[illegible]懂。自言自语是一种最好的状态。眼睛朝天，说地上的事情。《[illegible]个人的村庄》，就是一个人的自言自语。《虚土》也是。

符　二：身为作家，您觉得自己最好的品质是什么？

刘亮程：你发现了告诉我。

第二天：8月15日

符　二：谈一下您所理解的文学。

刘亮程：有些作家把文学当成了讲故事，一个故事接着一个故事去讲。有些作家把文学当成了说道理。还有一些作家，像农民刨土一样，去刨土地上的那些故事。这些笨重的作家，文学需要这样去做吗？

符　二：文学需要怎样去做？

刘亮程：文学要引领我们从沉重的生活中抬起头来，朝上仰望。我发现许多作家没有这种意识，他们在讲述一个大地上的故事时，心和目光都是向着大地的，没有一种朝天上仰望的自觉。所以他们的故事从土地中刨出来，最后再还到土地中。

文学是引领我们朝天空飞翔的。在大地上获得翅膀，朝天上飞翔。

符　二：您的作品做到了吗？

刘亮程：我喜欢那些有灵性的文字，三言两语中就可以感觉到语言抬起头来，朝上引领，朝一个不知道的存在去引领，它是有灵的，飞起来了。它用现实中的一点点材料，或者用生活中的一个小故事做助跑，就可以朝天飞翔。我欣赏这样的文字。

一些作家耗费了大地上那么多的材料，最终却没有飞起来，让一个沉重的故事重重地砸在大地上。当然，这也是文学，爬行动物的文学。

我个人喜欢那种飞翔的文字，喜欢精灵古怪的、长翅膀的文字。从厚实的土地上，带着人世间的悲欢离合，带着人的梦想、失望与希望、痛苦与快乐，带着人世间所有所有的一切，朝天空飞翔。我梦想的是这样的一种文字。它应该承载大地上的一切，但是朝着一个最高存在去飞升。作家应该有这样一种朝上飞升的能力。我喜欢的是一种梦一样的文学。如果我的每一部作品都变成了一个梦，存在于文字中，我觉得它是成功的。

第三天：8月16日·上午

符　二：好了，可以开始了。

刘亮程：我刚才说什么了？

符　二：您说知识如果不是让人变得世故，就会让人变得智慧。

刘亮程：对。一个作家需要突破知识障碍。什么是知识障碍你知道吗？知识在障碍我们进一步地了解事物……

符　二：知识难道不是帮助我们进一步认识事物？

刘亮程：在古代，科学知识还没有发展起来的时候，人们已经建立了一整套认识世界的方式，这种方式的核心就是直觉和心灵感应。后来有了科学知识，我们可以用科学的手段了解事物，比如我们对大自然中最常见的风、雨、雷、电等都有了这样一种科学的分析和解释。比如一棵草，我们通过书本上的知识可以知道，这棵草是属于什么科，它是一年生还是两年生，它的种子是怎么传播的，它的花期、生长期，等等。我们通过这些知识就可以认识一棵草。但是，恰好是这部分知识，使我们见到真草的时候不认识它。我们认识的只是一个知识层面的草，但草是有生命的。当你放下知识，放下通过知识描述的这棵草，用你的眼睛去看这棵草，用你的耳朵去听这棵草的时候，你感受到的是一个完全超越知识层面的生命。如果我们仅限于知识告诉我们的这棵草，那我们跟一棵草其实就已经错过了。

作家在体验任何事物的时候，都应该把原先的知识和经验放下，去重新感受它、感验它，让它全新地出现在你的文字中。

符　二： 您一直是这样吗？

刘亮程： 我会在经验中看到未经验的东西。我对事物的这种注视总是处在一种欢喜状态。这种欢喜就像初见。一棵草，我认识它、知道它的名字，从小它就在我的家园旁边生长，但是这个秋天我再次遇到它的时候，我仍然欢喜地看着它，仿佛初次见面。其实已认识多年，草和人都到了秋天，籽粒满满的，枝干壮壮的，草看我亦如是，能不欢喜吗？

符　二： 这真是特别好的说法。不过，您是不是选择性地关注乡村中那些诗意的、美好的事物，从而回避了那些庸常的、粗俗的方面？

刘亮程： 我关注的是乡村时间中那些不变的东西。我没有写到改革开放，没有写到新农村建设，没有写到城镇化。我对新中国成立以来历次的政治运动没有投入过一点笔墨。因为相对于漫长的时间和历史来说，这些都是短的、瞬间的。

在人类这样的一个变革时期，我关注的是乡村事物中一成不变的东西。一切东西都在变，但是有一点没有变，就是我们的心灵那个轴心部分，它一直没有变。我们这一块心灵没有参与新中国成立，没有参与“土改”，没有参与“三反五反”，没有参与“文革”，也没有参与改革开放。它一动不动地停在那里，跟我们祖先的心灵保持着某种一致性。不要以为任何大的政治运动，都可以触及人心灵的最深处。人心最深处的那一点点东西是不动的，它没有变化，我关注的恰好是这一点点不动的东西。它构成了永恒。它让我们人在历经多少磨难之后，在历经许多不可抗拒的天灾和人为灾难之后，仍然能够保持人的原貌，仍然能够恢复人的尊严，仍然能够去过一种正常的、平常的、地久天长的生活，就是这一点点心灵在起作用。

符　二： 您怎么看待像博尔赫斯这样的书斋型作家？

刘亮程： 博尔赫斯也是我喜欢的作家之一，但我认为博尔赫斯是一个未完成的作家。他对自己世界的构建还是处在一种未完成的状态，或者说处在一种敞开的状态。

什么叫文学的完成？我个人认为，一部文学作品，不论长与短，它只要完成了一种精神故乡意义，这部作品就算完成了。

符　二： 像福克纳那样吗，一生都在写他的小镇？

刘亮程： 不单单指这样写一个小镇、一个小村庄。这样的作品太多了。一个作家建立起来了自己完整的精神谱系，让读者的心灵可以安放其中。哪怕空间很小，哪怕这样的书写是一个村庄、一个城市的一个角落，甚至是一片树叶。

符　二： 您建立起来了吗？

刘亮程:《一个人的村庄》建立起来了。它有故乡意义。《虚土》也是。从故乡意义来说,“锄禾日当午”当然也是有故乡意义的,“明月出天山”也是有故乡意义的。建立起故乡意义的文学作品,无论在中国文学史还是在世界文学史上,其实都不是太多。

符　二: 承认您的作品中有隐喻吗?

刘亮程: 我呈现的是事物本身。我写草的时候,这棵草就是自然界的一棵草,是经过我的心灵感受之后呈现给大家的。

符　二: 既是途经心灵,您如何还能还原它?

刘亮程: 我觉得我们对自然的书写,从《诗经》、唐宋诗词到现在,一直是把自然当作象征物,或者说自然是我们的隐喻体,我们通过对自然的隐喻来书写我们的内心,抒发我们的内心。这当然没什么问题。但是,在我们的文字中,自然也应该是自然本身。我努力使这些自然之物还原本真。也可以这样说,我通过我的书写,把这些自然之物从我们的隐喻系统、象征体系中解救出来,让草木还原到草木中,还原到土地上。草木就是草木,它不需要为我们的情感去做隐喻体、做象征体。它是它自己,它有它自己的欢喜,有自己的风姿,有自己的生命过程。

读者在这样的一棵草上会发现更多。我的心灵是单独的、干净的,跟一棵草在对话。我看到的草就是草,不是隐喻体系中的草,不是一个象征物。

符　二: 但是经过了文字的书写,要知道,写作本身就是一种修辞。

刘亮程： 写作是一种修辞。但是写作者更多的是要把修辞忘记。

符　二： 所以您的写作不是寓言化的写作。

刘亮程： 当然，你用这样的思维去呈现出来的一个自然世界，它更有隐喻性，更有象征性，更有寓言性。因为任何一个事物出现在文学中，它都会有无限的外延意义。

符　二： 如此看来，说您的写作质朴就不准确。就像陶渊明一样，我们说他的诗文平和冲淡，实际上，我认为他的文字非常华丽绚烂。

刘亮程： 当我书写一件事物的时候，我希望我的每一个句子，都有无限的外延性。

符　二： 这种延展是平面的、发散的，还是向上或纵深的？

刘亮程： 它同时是向上、向下、向四面八方的。你要仔细读一读我的《虚土》，你会发现我所有句子的指向都是多向的。我不喜欢指向明确的句子。每一个句子都有无数个远方，读者阅读的时候会迷茫和欢喜。它像花开一样，芬芳四溢。有一缕花香到了天上，有一缕到了地下，其他的朝四面八方扩散。我希望我的每一个句子都是一朵花的花开。

我写过十年的诗歌。诗歌追求语言的弹性，追求词语的外延意义。这种文字在《虚土》中达到了一种极致。《虚土》的写作是我个人语言的一次盛开。

符　二： 所以您是很华丽的写作。不，也许又不能这么说。

刘亮程：朴素又华丽。

符　二：安静的、从容的、缓慢的爆发出来的能量，同时又是最大的。

刘亮程：我不喜欢“爆发”这个词，太硬了，太强暴。我喜欢缓慢地进入。让事物感觉不到你的时候，你已经进入了事物。

第三天：8月16日·下午

符　二：我有一个问题，您的两部小说在写法上跟我们传统小说的叙事、结构、人物、情节都不同。西方有“诗体小说”的命名，您的小说是否可以给它一个新的说法，比如叫它“散文体小说”？

刘亮程：它就是长篇。或者你把它叫作长散文也可以。

符　二：说它是长散文，反过来又会颠覆我们对“散文”的概念。

刘亮程：其实我的《虚土》就是一部长散文。当时我没有想把它当成小说去发表。出版社说这应该归到小说里面去，我也没提异议。大家按照散文去阅读，可能效果更好，因为你把它当成小说的时候，小说经验就在起作用。

符　二：我们当作散文去阅读，散文经验同样也在起作用。

刘亮程：当你把它当成散文的时候，你的心境就慢下来了，你不会去追求故事，你的阅读就是另外的一种心态。

符　二：我知道有一些作家，写了多年的散文或诗歌之后转向小说创作，因为小说比散文或诗更具读者市场，而您是出于什么样的想法呢？

刘亮程：很自然吧。《一个人的村庄》之后我写了第一部小说《虚土》，当时也没打算要把《虚土》写成小说，或者说一开始构思的时候它是一个完整的小说故事，按照我原先的创意，它应该是一个场面比较宏大的移民小说，因为我的家族在六十年代闹饥荒的时候从甘肃酒泉逃荒到新疆，又从新疆乌鲁木齐到一个县上，然后到一个村庄，最终扎根在准噶尔沙漠边缘的一个小村庄，到那个小村庄其实已经走到天尽头了。前面是一望无尽的准噶尔沙漠，后面是很稀落的几个小村庄，县城都在百里之外了。就是这样的一个小村庄，无路可走地停下，开始了生活。我父亲以前是教书匠，然后带着我们全家，把我们变成农民，开始了一种农民的生活。

这样的故事在新疆非常之多，我就想写这样的一个移民故事。但是写着写着，我对这样的故事没兴趣了。我写《虚土》的时候，已经四十多岁了。人到中年，前不着村，后不着店，这样的阶段对男人来说，是一个很惶恐的年龄段，因为接下来就是步入老年，回头是青年，有人生的空茫感，悬空的感觉。假如人生是一个坡的话，你的生命差不多就已经到坡顶上了。

《虚土》是以一个五岁孩子的视觉来写作，但它写的又是一个人进入中年的这种惶恐、空茫、恍惚，尤其这样的感觉被设置在新疆的荒天野地之中，被设置在渺无边际的自然之中，它可能又沾染了新疆的味道，新疆的气息。所以我个人比较喜欢《虚土》这部书。

一开始当小说写，后来写着写着，不像小说，像散文。其实也不像散文，它是诗。我写《虚土》的过程中，充分享受到了一个诗人的写作激情。因为我早年写诗，一直觉得没有一个机会，能让我畅快淋漓地去写一首长诗。我在沙湾工作的时候，曾经写过一首两万行的长诗，写到一半我辞掉工作，到乌鲁木齐打工了。后来这首诗，一段一段被我写进散文中，变成了《一个人的村庄》的片段。但是写《虚土》，我又回到了我的诗歌时代，那种对天地间万事万物的感知，那种一个人蹲在某个角落里对时间、时空和人世间的这种想象。我觉得这种状态，就是一个诗人的状态，而不是一个小说家或者散文家的状态。所以《虚土》对于我个人来说，是我的一部长诗，是对我个人的生命有纪念意义的一部长诗。

符　二：我想知道，您写《凿空》之前做了些什么样的准备工作？因为《凿空》是一个发生在地底下的故事，是在黑暗中、摸索中、未知中的挖凿。我想换作是我，我肯定要画一张精细的地图，像地下迷宫一样，将张旺才和玉素甫在什么地方相遇，将地道的走势诸如此类，标示得清清楚楚。

刘亮程：我对那个村庄清清楚楚。这个洞要挖到哪儿，挖到第几排房子，这个村庄有一条主线穿过巷子，有哪几条巷子，我清清楚楚。写的时候，它不会跑乱。在挖的时候人物有他的方向，我也有方向。不会错。

符　二：有没有想过这部小说因为节奏太慢，或许会让读者产生难以为继之感？

刘亮程： 是慢。《凿空》是散点式结构。它符合乡村生活的散漫，适合散漫地去看。我不喜欢写极端的东西，不喜欢把人物的命放在一个自己勾画的严丝合缝的故事中，去压榨人性。我认为所有极端的描写都是压榨人性，把人性放在一个设置的叙述机器当中，靠节奏、靠故事的推动操控人物的命运，压榨人性。我不喜欢这样。

我喜欢把人物放在一个相对松散、自然的环境中，让人性缓慢盛开。我认为人性在常态下的盛开可能才是最真实的。

符　二： 您的写作属于第四类写作吗？也即我们常说的“非虚构”？

刘亮程： 文学的本质就是虚构。

符　二： 散文呢？

刘亮程： 散文也一样。

符　二： 我们说小说的本质是虚构，但没说散文也是虚构。

刘亮程： 你既然认为散文是文学，那它就是虚构的。《一个人的村庄》是虚构的。任何一种写作，哪怕是写自己的真人真事，它也是虚构的，因为首先就要把自己的第一人称虚构出来。当我开始写散文时，文章中的第一人称“我”，其实已经脱离开了自己，整个状态已经是不一样的。我们知道写作是一种状态，它不同于生活状态。作家进入写作状态的时候，自己已经变成了一个文学人物。那种情绪已经是文学化的。尽管里面有一些故事是现实的，是真实的，但是它被这种情绪推动的时候，整个故事是虚构的，是飘起来的，像神仙一样。神仙看起来是地上的人，但是把他放到云上，他就成了虚构的人，变成神仙了。文学写作也是这样的。

符　二：“非虚构”是一个伪命题吗？

刘亮程：非虚构是文学向新闻通讯的投靠。作家丧失了虚构能力之后，他会向非虚构投靠，他认为现实的力量更强大，去找一个现实题材，去书写现实更有震撼力、更真实。这恰好是作家犯的一个错误。作家丧失了虚构的能力，就失去了对世界的想象。你去看《南方周末》，每一篇文章都是非虚构。每一个事件都非常震撼人。但这不是作家干的活，这是记者干的活。作家该干什么？作家是从现实事件结束处开始写作。

符　二：我们引入这一概念，认为真实的写作就是“非虚构”，但是我们越来越忽略了第四类写作最本质的特征是强调写作行为的独立，强调不依附任何写作因素之外的写作。我想，或许我们的评论家们在这个理解上有些问题。

刘亮程：文学是虚构的，但不是虚无缥缈的，它跟大地、跟自己的血脉有千丝万缕的关系。最高的虚构必定有一个根深蒂固的大地在支撑，是大地上的花开，大地上的云来云往、风起风落。但是现在这种情况，虚幻的东西太多了，提出这样的一个“非虚构”理念，也是在矫正这些东西。

符　二：最后我想问一个黑暗的问题：如何看待死亡？

刘亮程：死是生的一部分。生的时候人已经在死，死亡并不是最后发生的，人出生的时候死亡就已经发生了。这也是我在《虚土》中书写的。

符　二：在时间中最后发生的是什么？

刘亮程：最后发生的只是我们跟死亡的一次完整见面。

2012.8

原文刊载于《大家》杂志

我书写有翅膀的文字

我生活在农耕时间里

于一爽：愿意一开始就先聊聊您的生活吗？

刘亮程：我基本上是一闲人，十多年前就在新疆作协当专业作家，不用上班，有时候会抽出一些时间到乡下去，偶尔去内地参加一些文学采风活动，但是很少，因为我不愿意出远门，新疆离内地太远，出去就不想回来，回来就不想出去。

于一爽：有没有具体的理由？

刘亮程：就是太远了。坐飞机也得四五个小时，大半天都耗在天上。但是新疆一个地方离一个地方也远，比如从北疆到南疆，上千公里，坐车也得一整天。我还是喜欢在新疆走动。这个地方我没看够。

于一爽： 哪怕一次离开的想法也没有？

刘亮程： 以前也有机会离开新疆，去更好的地方生活。但是我没有这样的想法。我是安于在一个地方生活的人，在哪儿住下来了，就不想动。我的平常生活也是，有少量的运动，喜欢走路，但是基本上是有坐的地方就不站着，有躺的地方就不坐着。

于一爽： 是个懒人？

刘亮程： 是个闲人。不懒。忙闲事情。就像我写的那个闲人，每天太阳升起前，他一个人站在村外，以自己的方式迎接太阳升起。整个人类可能就他一个人干这事情。

于一爽： 好多人羡慕您。

刘亮程： 我喜欢这样的生活——当然谁不喜欢这样的生活呢？我过的是一种慢生活。写作慢，说话慢，别人看我的动作也很慢，我从把筷子拿起来伸向菜的过程很漫长，但是我自己没有察觉。

于一爽： 这个问题其实听上去很虚，但是我还是得问，时间对您来说意味着什么？

刘亮程： 新疆和内地有时差，晚两个小时。起得晚，做事也晚。你们天亮开始工作，我们还在睡觉，等我们醒来，你们把好多事都干完了。其实我们就生活在比内地慢了两个小时的时间里。每天都慢两个小时，千百年来已经慢的太多。

我个人，习惯性地生活在农耕时间里。所谓农耕时间，就是一个大块时间，比如只有白天黑夜，或者只有上午下午，一日三餐，日出日落。时间一旦被分成碎小的小时、刻、分、秒，自然就快了。农耕时间没有被切碎，在这种大时间里人活得比较从容。上午晃一晃，太阳到头顶，该吃午饭了。下午在地里晃一晃，日落，该休息了。我小时候有过给家里放羊的经历，放羊可以让人慢下来。因为羊群永远是半步半步走，边吃草，边望天，边打情骂俏，边移动，一天也移不了多远。

于一爽：为什么给羊增加拟人的成分？

刘亮程：实际上羊就是这样的。羊不赶路，它只是盯着眼皮下的青草，啃一棵草，望一望远处，然后再低头啃一棵草，就这样半步半步走，有时候停下来不动了，想事情，看天，跟别的羊聊天。人的好多东西可能是跟其他动物学的。也有跟草木学的。

农耕时间的缓慢，是因为作物生长慢，人得耐心等种子发芽，等叶子长出，等花开花落，等果实成熟，这个过程快不了。我理解的乡村文化，就是在这样一种等待作物成长的缓慢时间里，熬出的一种味道，一种情怀，一种生活方式。

慢生活里总是充满了等待。

许多东西需要我们慢下来、停下来等。快生活则是你追我赶，像狗追兔子，狗和兔子都不能慢。但是，我们人类已经远远跑到了前面，需要慢下来等等了。

我是个从不焦虑的人，我总是梦见乡村

于一爽：在作协适应吗？

刘亮程：不用坐班，还可以领一份工资。当然这也很可耻，什么事都不干，还拿钱。

于一爽：大概多少钱？

刘亮程：这几年涨了一点，以前就是一个月两千块钱，现在好像是三千多块钱。我们是事业单位，其实工资普遍偏低，跟内地差好几级工资。

于一爽：新疆物价怎么样？

刘亮程：高。我们主要吃牛羊肉，一公斤羊肉六十多块钱。内地的猪肉现在也就是二十块钱一公斤吧。

于一爽：我也不知道这边猪肉多少钱。

刘亮程：我知道每年的麦子多少钱一公斤，棉花多少钱一公斤。每年秋天我都要到乡下去转，看看农民种的地有多少收成，今年的棉花价格是怎么样的，农民是亏了还是赚了，每年春天播种的时候也到地里面去看看，走一圈。

于一爽：讲讲小时候生活的乡村吧。

刘亮程：我一出生就在乡村，到三十多岁出了乡村，我觉得我还在乡村，还是在乡村的感觉。一直到现在，我认为我还在乡村，因为整个乌鲁木齐其实就是一个大乡村的感觉。

于一爽：怎么理解“大”？

刘亮程：你想这个城市四周被农田包围，稍一迈脚就走到城乡接合部，看到的都是逐渐在变成市民的农民。

于一爽：你自己也在这个变化过程中？

刘亮程：我梦见的还是乡村，好像还没梦见过这座城市。在我的梦中，自己仍然在乡村的田野上奔跑，仍然干着早已经不干的那些活儿，仍然跟早已经忘记的或者已经去世的那些人在一起生活。

于一爽：大概什么时候会做这种梦？人在焦虑的时候都容易梦到家乡。

刘亮程：我是个没有什么焦虑的人。慢生活的人很少有焦虑。

于一爽：但还是会有不安吧？

刘亮程：有些地方你可能不愿意再去。夜里走路多了些朝后看的动作。不安全感是存在的。但也不会有太多的担心。习惯了就正常了。在平常生活中，我是一个看上去不太快乐，但是内心还是常有欢喜的人。

于一爽：有些人特别喜欢笑，就像有些人特别不喜欢笑，一样都是一种天赋？

刘亮程：跟环境也有关吧。你到新疆来，会看到像我这样的人很多，坐在那儿，没有表情，眼睛空茫地望着远处，眉头紧锁，好像在思考什么重大的问题。其实脑子里一片空茫，啥都没想，空空荡荡，又自自在在。

1993年来到乌鲁木齐打工，忽然就没有诗意了

于一爽：早年是写诗的？

刘亮程：八十年代吧。那时候新疆有很著名的诗刊，当时是西部诗热。

于一爽：当时你的工作是什么？

刘亮程：在一个乡农机站当管理员。非常悠闲，我的工作就是一年做两次报表，年中和年末。平常时候就骑一辆自行车，在田间地头转，指导农民种地，推广先进机械。

于一爽：发表的多吗？

刘亮程：发表过，有一下没一下的。很边缘的一个诗人。

于一爽：能享受到诗歌带来的便利吗？

刘亮程：诗歌肯定帮助过我。因为我写诗歌，就有一些远处的诗人到那么偏僻的乡上找我，会有这种交流，你毕竟跟外面世界有了联系。

于一爽：对自己的作品满意吗？

刘亮程：还算满意。感觉那种生活很自在，一直过到老也挺好的，整天在田野里转转，没事在家里待着。我那时候在县城郊区有一个大院子，一亩多地，有半亩的菜地，种种菜，我还在那个大院子养过羊，养过牛，很田园的生活。

于一爽：当时有没有成家？

刘亮程：成家了。因为要成家，在城郊村里盖了一院房子。是我亲自带着人盖的。我知道在什么年龄该做什么事，从不耽搁。在现实生活中，我不是一个激情四溢的人。我有缓慢悠长的激情。

于一爽：诗歌写了多少年？

刘亮程：从八十年代初写到九十年代初。1993年到乌鲁木齐来打工，一进这座城市我就一首诗都没写了。

于一爽：当时是在打什么工？

刘亮程：在一家报社做文学版的编辑，一下觉得没有诗意了，没有办法再把语言排成一句一句的。那一年我三十岁，突然觉得该出来打打工，挣点钱，给家人有一个好的生活，也给自己有一个好的前途吧。我的散文就是在报社做编辑期间开始写的，因为媒体不需要诗歌，也是很不情愿地开始了散文写作。

于一爽：有没有受到一些人的影响，还是说完全是自己对于乡村的一个自发的记忆？

刘亮程：我早期的诗歌，可能受过各种流派的影响，但后期的乡村诗歌，就是自己的东西了。写散文时我已有了自己的语言方式。《一个人的村庄》我写了将近十年，是体现我文学风格的成熟之作。当时也在全国一些比较重要的刊物上发表过，后来海南《天涯》杂志约了几个评论家的重要评论，一下子引起大家的广泛关注，这本书就这样突然被推到读者面前。

于一爽：生活被打扰了吗？

刘亮程：还是平静的，我这种性格是很容易复原到一个常态。

于一爽： 经济上带来的帮助大吗？

刘亮程： 有了一些稿费。

因为我可以消化苦难，所以我很少描写苦难

于一爽： 当时正好是2000年就要来了，所以大家对《一个人的村庄》有了接受的心理基础。之后呢？

刘亮程：《一个人的村庄》写完之后，我又写了一部长篇小说叫《虚土》，想写一部我们家族的移民史吧。我们家族是六十年代初闹饥荒，从甘肃酒泉逃荒到新疆，我父亲带着我们一家人，先到乌鲁木齐落脚，打了一个冬天的工，感觉这个城市还是粮食不够吃，又跑到县城，叫沙湾县城。一家人被安置在一个公共的库房里面住了两个月，感觉还是不行，就再往下跑，最后跑到沙漠边的一个小村庄里面，终于吃到大米了。那个村庄因为地多，在玛纳斯河边上，水也充足，粮食自然就富足了，我们家分到粮食了，我父亲就认为这是个好地方，因为有粮食了。

多年以后，我们长大了才发现，我父亲跑过头了，跑得太远了，回头是遥远的城市。当初我们要在乌鲁木齐待下来，我们就是城市人了。在县城待下来，也是城市人。你为什么就穿过县城，然后穿过乡镇，来到最边远的一个村子里面，前面是茫茫无际的沙漠。

所以在以后的多少年中，我们做的一件事就是沿着我父亲曾经逃荒走过的路，一步一步离开乡村，先到县上，再到省城，太艰难了。

于一爽：第一部小说往往都是有半自传色彩的，最后它的落点在哪？

刘亮程：其实这些都没有写。我写了一个人无边无际的虚无，因为那确实是我四十岁时候面临的一种心境，人到中年，前不着村，后不着店，离童年也远，老年将近，感觉被悬在那里。《虚土》就是浮土嘛。

于一爽：大概写了几年？自己满意吗？

刘亮程：去年这本书再版的时候，我又重新看了一遍，我觉得《虚土》是一部我需要向它学习的书。我写了近乎于梦和现实之间的一种模糊状态，需要创生出一种语言来。《虚土》的语言穿梭在梦和醒之间，自由自在，没有一点转换的痕迹，我对这种语言非常满意。

于一爽：那些喜欢《一个人的村庄》的读者对这部作品怎么理解？是不是同一种读者？

刘亮程：《虚土》是《一个人的村庄》中那个孩子视角的延续，全是以小孩的眼睛看见的这个世界。后来我发现，我是在不知不觉地把自己的童年生活写了出来，而且有选择地写出来了。我的童年其实很不幸，父亲在我八岁时候不在了，母亲带着几个孩子艰难度日。但是，当我写完《一个人的村庄》和《虚土》，我发现我连一个苦难的字都没提及，父亲不在这件事只写了一小段。我写的全部都是那个村庄的草、牲畜、天空、云朵，那个村庄的白天和黑夜、风、旷野。我精灵一样活在它们中间。

后来我发现，这场写作其实把我自己拯救了，我成功地通过写作修改了自己的童年，把一个快乐的童年还给自己。

我用散文呈现过一个完整的世界

于一爽：很多人对您的创作有特别高的评价，您愿意接受哪一部分？

刘亮程：写散文的人很多，从古到今都很多，散文名篇也很多，但是像我这样用散文去完整呈现了一个村庄的世界的散文家不多，所以就这一点我是比较自信的，面对一个已经完成的世界，我觉得怎么评价都是可以的，因为它自成体系。

于一爽：包括很多人会谈到您创作的世界中这些人真的有这么美吗？还是说您只选取了美的部分？很多人说还是文人意向很强烈。

刘亮程：我不追求美，美自然存在。

于一爽：当然我说的这个“美”也是很复杂的，但是您总有一个选择的标准吧？

刘亮程：比如乡村的苦难，我没有去写，包括我们家族的苦难我也没有去写，这个我承认，因为这恰好是被我消化掉了。我把大地上的苦难消化了，从沉重的生活中抬起头，让一次次破灭的梦一次次重生，引领这些土地上没有翅膀的笨重生命，朝天上仰望、飞翔，这是我的文字。我书写有翅膀的文字。

散文是中国最原创的文体

于一爽：对中国散文的理解是什么？

刘亮程：新时期三十年以来，我们翻译过来很多的外国名著，多是诗歌小说，有一些随笔，但少有真正的散文。我们的散文创作，到现在仍然是中国化的散文创作，受西方影响小。而小说、诗歌从文体到思维方式，都西化了。但是这三十年来，没有一部国外的散文大家的作品翻译过来让我们学习。西方没有给我们提供过一本散文经典，唯一的一本可能是《圣经》。《圣经》在我看来是好散文。在这种情况下，中国散文家可学习的对象肯定是自己的老祖先，自己的散文大家，别无选择。所以，中国散文是一种汉语原创性最强的文本。我们的散文家都还在自己的传统里。

于一爽：语言对您来说意味着什么？

刘亮程：语言就是风格。形成自己的语言风格，便找到了对世界说话的方式。语言是文学的呼吸。

于一爽：从您的作品中，最容易感受到的就是传统。

刘亮程：在写作过程中，你一定会慢慢明白，你的气息跟哪一个前人的气息连接在了一起，你能接着他的思考去思考，接着他的想象去想象。你在传承一颗古老心灵的温度。这就是传统。

于一爽：神来之笔多吗？

刘亮程：所谓神来之笔，就是你的气息跟其他事物的气息连通了。我一直提倡作家的信仰应该是万物有灵。作家要有一颗与万物说话的心灵。

于一爽：那在您的世界中，您认为有什么东西是恶的吗？

刘亮程：在我的世界中没有恶的东西。

于一爽：那可能是对善的不公平。

刘亮程：善恶一体，都是这个世界的存在。

于一爽：那您如何理解进化论？当然我知道用进化论解释文化很庸俗，或者说如何平衡？

刘亮程：人的心灵在进化论之外。

于一爽：现在说都为时尚早。另外，您的模仿者很多吧？

刘亮程：很多。我开创了乡村文学的一种写法，大家通过我的文章，发现原来乡村的什么事物都可以去写。但是，并不是乡村事物全部可以入文，什么东西可以入文，什么东西不可以入文，这取决于一颗心灵对这些东西的感受。作家只书写他所感受到的生活，而不是所有存在的生活。

物质诱惑已在乡村全面发生，精神体系尚未被摧毁

于一爽：关于乡村，有人其实希望作者给出一条出路，就是这种后工业时代有没有这种返璞归真的可能性？他们认为您写得再好，其实也就是一种自我化的、精神化的呈现。

刘亮程：中国乡村并没有毁坏到我们想象的那种程度。我老

家是在甘肃酒泉金塔县，十年前我陪母亲回金塔，那时母亲逃荒到新疆已经四十年了，第一次回老家，当时我发现那个小村庄保持得如此完整，尽管村庄也重新规划过了，但所有的房子都一排一排排列整齐，每家都有一个院子，小四合院，一进门有一个照壁，照壁后面正对着的是供奉祖宗的堂屋，然后两厢分开，大人该住什么位置，小孩该住什么位置，儒家文化依然完整统治着这个院子，你从哪一种角度都可以看到，乡村文化在这个小院子里踏实存在着。去年我又陪母亲回去，老家的生活依然如故。乡村文化体系在这个村庄依然完整保留。

于一爽： 其实是还没有被诱惑，它并不是经过诱惑以后的自我选择。

刘亮程： 你应该从两个层面去理解这个问题，第一是物质的诱惑，这种诱惑已经在中国所有的乡村都发生过了。另外一个是精神诱惑，至少到目前还没有一种精神体系，能够彻底改变或者摧毁我们原有的乡村文化体系。它根基强大。

于一爽： 最后再聊聊新疆吧。

刘亮程： 新疆是我的家乡，我在这出生长大，肯定还要在这养老。新疆的美丽有点游客心理，新疆气候干燥，还有粉尘、污染，等等，很多地方是不适合人居的，所以居住下来就不容易。

至于其他，新疆尽管发生了许多的事情，但是最基本的东西不会改变。那就是，谁也不能把新疆从中国分裂出去。这是人人明白的事实。既然谁也不能把新疆从中国分裂出去，那么，新疆各民族人民还将长久地在一起生活。接下来的问题就是，如何长久安宁地在一起生活下去，这不仅是政府，也是在新疆生活的每个民族每个人都必须思考面对的。

于一爽： 您是乐观的。

刘亮程： 我是现实的。

2012.2

原文刊载于凤凰网

《凿空》：一个人的新疆

给声音世界一个现实出口

刘　芳：最早要写《凿空》这部小说，是因为农村生活的什么部分打动了你？

刘亮程：声音吧。这本书从声音开端，也是以声音结束。我生活在新疆北疆，对南疆的声音充满好奇。驴车行进在乡村的路上，一万头毛驴汇聚到大巴扎上，满街的叫卖声、毛驴的叫声、叮叮当当铁匠铺的敲打声，还有听不懂的语言，对我来说构成了既新鲜又熟悉的声音世界。

我对声音特别敏感，写《一个人的村庄》时，就对乡村的很多声音感兴趣。我经常写到的一个自然意象就是风，因为风中各种事物都有声音，你要描述的世界都被风带动。

要刮风时首先看到风在远处形成阵势，大堆的云慢慢朝村庄移近，待树梢开始晃动，树叶沙沙响，风头的声音已经到达村子，但更大的风还在后面。从风声中我能清晰地辨认出它经过了哪些地方，刮过高山还是树林，荒野还是沙漠，因为风刮过每一处地方时声音都不一样。通过这些声音你可以感知到遥远大地上的山河之形，一切都可以通过风声显现。这就是我在一个小村庄里听到的世界的声音。

我本来是想构筑我们曾经有过的一个完整的声音世界，但是写着写着，这个声音世界跟现实发生关系了。就像小说中所写，西部大开发到了，这个村庄原有的声音面临着被现代工业声音的冲击。拖拉机、摩托车、汽车、大卡车进入村庄，不断带来新的声音。而村庄原有的声音——驴叫、鸡鸣狗吠、铁匠铺的打铁声和巴扎上的人声，在顽强地抵抗这些外来的声音。小说就在声音的纠结中展开。

刘　芳：为什么后来要跟现实发生关系？

刘亮程：就像书中的主人公挖洞一样，挖着挖着肯定要有一个出口。假如这个洞不触及现实，一直挖下去，就越挖越虚无。主人公张旺才，他在村外的住宅下挖洞，一开始也不知道要挖到哪儿去，他就是想挖一个洞把自己源源不断的精力耗费掉，把自己对地上世界的恐惧藏起来，挖的过程中他找到一个目标，要挖到村子里去。这也是我找到目标的过程。

每一个人都需要一个目标，或者是为自己这样的一生找到一个借口，让平淡的生活变得不再平淡。一亩地，今年收两麻袋麦子，明年还是两麻袋麦子，后年还是不会多。年复一年，孩子长大了，自己老了，毛驴下了几个驴娃子卖掉了，什么东西都不会增加，只有自己的岁数在长大，在衰老。这样的生活怎么过？

正常的生活应该给人以希望，让人们满怀希望去活着，哪怕今年和明年一模一样，也应该给大家一个更远的期望，也许十年之后会不一样。乡村生活看不到希望，看到的倒是个人生命一年不如一年。但是在这种生活中，农民活出了自己的哲学和生活经验，让贫困的日子可以有滋有味地过下去。这也是乡村生活中最让我感动的，也是我所关注的最大现实。

我其实只是想通过这样一部跟新疆真实生活有关的小说，让读者去理解新疆生活，知道在一般游客和读者认知的歌舞新疆之外，还有并不平静的乡村生活。涉及的那些问题我也只想让人们去理解它。《凿空》亦是沟通。小说虽然以新疆南疆为背景，但是我觉得放在任何一个地方都是适合的。它写的是一种人的生活，而不仅仅是新疆的生活。

我们常常一讲到民族就充满猎奇心理，其实，我只是写了一个叫阿不旦村人的生活，它跟中国任何一个村庄的生活没有区别。

我们对人心现状无能为力

刘　芳：你对南疆的兴趣和了解开始于什么时候？

刘亮程：我三十岁前都在北疆生活，之后到乌鲁木齐打工，有机会去南疆了。记得我第一次去库车时，县上一个退休干部给我做翻译，带着我去做采访。后来我就不麻烦他了，一个人背着相机在小巷子里转，我不会说维吾尔语，库车老城的土墙根蹲的全是老人，我身上带着一包烟，走累了就蹲在他们身边，一人递一支烟，他们抽我也抽。我望着他们笑笑，他们也望着我笑笑，我觉得能够看懂他们，不需要翻译。这种生活就像我的父辈过了多少年的生活，就像跟我的老父亲坐在一起，心里明明白白的，完全不用说什么。

老城麻扎（注：墓地）旁边有个木头市场，经常有些老人坐在那里乞讨，前面铺一个手帕，用土块把四角压着。每当有人放钱，他们就会念一句祝福语，表达感谢。有一次我坐在他们中间，穿一件旧衣服，头发散乱，风吹着，肯定很落魄的样子。一个维吾尔族中年妇女过来，挨个给那些老人发钱，也给了我五毛钱，我赶快接过来，满怀感激地躬身道谢。

刘　芳：阿不旦村里只有一家汉族人，在村里受到少数民族政策对待，相处很融洽。这部分反映的是现实状况还是属于小说创作？

刘亮程：算是很温和的一种小说描写。早年南疆很多村庄都有汉族人，好像是政府为了民族团结或者民族融合搭配进去的，当时政府的想法是对的，汉族人可以带一些先进的农耕技术到少数民族村庄，那些从内地来的汉族人，确实带来了先进的种植技术，影响了当地的种植业。北疆的许多汉族村庄也有维吾尔族、哈萨克族或蒙古族牧民混居，到现在都相处得很好。南疆少数民族村庄到九十年代初还有汉人生活，后来基本上都自己迁出来了。现在南疆的村庄里基本是清一色的维吾尔族。我在小说里写的张旺才，就是二十世纪六十年代落户阿不旦村的，在村里生儿育女，儿子张金已经是一个地道的阿不旦村的孩子了，一家人一直在阿不旦生活着。我是希望这种生活能够继续下去。

驴眼睛里的世界

刘　芳：面对村庄被凿空的事实你是什么心情？

刘亮程：凡是必然发生的事情，都平静接受。乡村生活就是这样。

刘　芳：你期待通过写作来达到什么功用吗？

刘亮程：写作可能都在解决自己的问题。我不认为文学可以解决所有人的问题，解决不了。

我对新疆充满了感恩，新疆是我父辈的逃荒移民地，是我的出生地和家乡。我一直在用心感受这个地方。《凿空》也是我“一个人的新疆”，不能代表全部的新疆生活，它虚构了一个叫阿不旦村的故事。我试图通过这样一个小村庄去理解、去接近这片土地上的生活，希望人们走近他们平凡的生活。新疆不仅仅是游客眼里的异域风光风情，不仅仅是一场场的欢宴歌舞，还有这些平常人家多年不变的生活。这更需要我们关注。

刘　芳：嗯，最后一个话题，作为读者我很喜欢“拖拉机”一章，里面写到驴、狗、羊对于拖拉机的不同想法，非常精彩。你经常会考虑动物们是怎么想的这件事吗？

刘亮程：我觉得我可以站在任何一种动物的角度想象一件事情，没有任何隔阂。一件事我可以想很久，我用驴脑子也可以把这个世界想清楚，用羊的也可以。

《凿空》开始构思时，村里的驴和狗这些动物都是主人公。

我本来想写驴眼睛和脑子里的阿不旦世界。后来人也进来成了主人公。但村庄的声音世界始终被动物掌控。驴鸣盖过一切，即使拖拉机、汽车、运送石油的大卡车的声音，都没法跟驴鸣相比，阿不旦的毛驴有一个习惯：听不得比它大的声音，每当一个外来声音进入阿不旦，驴就鸣叫着跟它比高低。

还有狗，它也耳闻目睹见证了村庄的变化。它能做到的就是一成不变。因为再变它也变不成人。安心做狗。那是村里的狗，白天四处觅食，给人看门，受人打骂。晚上人睡着后村庄成了狗的，“一犬吠形，百犬吠声”。那是夜晚的狗，坐在草垛或土堆上，后腿卧地，前腿立起，腰挺直，脖子朝上，嘴朝上，眼睛望着高远处，汪汪地叫，这时候的狗一下子变得不一样，从白天的低下生活中脱身而出，它的叫声不再为一口狗食，为一点动静，那是一种纯粹的叫，对着我们不知道的茫茫夜空。

我本来写了很多这方面的内容，但后来因为结构考虑，删掉很多，变成现在的模样。不过，剩下的应该是最好的。

我写出了一个有驴叫和各种声音的村庄世界。那个世界被驴看见。当驴被三轮车替代，驴叫声被机器声替代，曾经站在村子里，那样专注又鬼祟地看着我们的驴眼睛不在了。从此人的生活只被人看见。这是多么的孤独。

2010.6.2

原文刊载于《瞭望东方周刊》

我的语言是黑暗的照亮

好的小说一定孤悬于历史之外

刘予儿：我刚刚读完您的这部小说《捎话》。这是我有幸第二次在时隔一年多后通读全书。几乎比第一次读它还要紧张。这主要是因为小说的语言。每一句文字的张力都很大，每一句都不敢轻易错过。这部小说的题材与古代西域有关，这是一个什么都有可能发生的地方。您能谈一下小说题材的最初来源吗？

刘亮程：《捎话》故事背景和西域地理历史有隐约的一点关系。但它是虚构的小说，不是历史。小说可以借助历史，但好的小说一定是孤悬于历史之外，一个单独的存在。

刘予儿: 这是一部无法形容的小说。也是一部也许要读很多遍才能读懂、读清楚的小说。可以说它是一部荒诞寓言小说,也可以说它是一部惊悚童话,一部超现实主义的小说。也许它还是一部死亡之书。其中具有的神秘的抽象意识流色彩,不同于西方现代小说的意识流描写。同时,整部小说都带有一种梦境色彩。您自己如何界定它?

刘亮程: 最真实的文学都仿佛是梦。梦是封闭的时间。文学也是。再宏大的文学作品也是封闭在一个时间块里。它孤悬于现实时间之外。

文学创造时间。当文字抵达时,那个世界醒来,但又不是完全醒来,那块时间里的夜色朦朦胧胧,时间本身也在文字里逐渐醒来,重新安排白天黑夜,安排发生什么不发生什么。塑造一个人物,等于唤醒一个鬼魂。一部好小说,必定呈现的是灵魂时间。而灵魂状态如梦如醒。这也是《捎话》的整体氛围。

人想事情时,心里有个鬼在动

刘予儿: 关于这部小说的结构安排和叙述方式,第七章和第八章,鬼魂觉和妥两个角度的叙述,是这部小说中很动人的地方。觉和妥到了后半部越来越靠近,他们开始分别向对方回忆和描述往昔。第十章是回到黑勒城的妥的讲述。到了第十七章"固玛",觉和妥又开始以回忆的形式互相对话。像兄弟一样越来越惺惺相惜。整部小说故事的推进，是不断交由谢、库、鬼魂妥觉、乔克努克等角色来进行的。妥觉和乔克努克以第一人称的口吻回忆，讲述，但都是由库和谢转述的。而库和谢则是以第三人称来叙述，小说这样安排出于怎样的考虑？

刘亮程：《捎话》只有两个叙述者：捎话人库和毛驴谢。第一章“西昆寺”是驴—人交替叙述，第一节“扁”是毛驴谢的视觉，第二节“高”是主人公库的视角，以此交替，铺垫出故事的大背景。第二章“大驴圈”整个是毛驴谢的视角在叙述。从第三章开始，人、驴自由叙述，有些是主人公库看见的，按人的视角在写。更多东西库看不见，毛驴谢能看见能听见，按驴的思维在叙述。叙述角色转换没有刻意交代，有时前一句是库的视角，后一句很自然地转换到毛驴谢的视角。如果不去关心这种转换，按全视角小说去读，也没问题。在小说人物安排中，驴能看见声音的颜色和形、能听懂人和鬼魂的话、能窥见人心里想什么，“人想事情时，心里有个鬼在动”。人却听不懂人之外的任何声音。这是人的局限。

刘予儿：您真的认为有鬼吗？

刘亮程：我曾经说过“作家都是见过鬼的人”。但我也知道好多作家不相信有鬼，他们没见过。但这也不妨碍他们写出一个无鬼的世界。

刘予儿：您见过？

刘亮程：看了《捎话》中那些写鬼魂的文字，你不觉得那些个鬼是活的吗？

刘予儿：那是您文字的到达，让读者信了。

刘亮程：是通达。人和万物间皆有障，作家写什么像什么，写驴像驴写马像马，那是到达。一般的写作者都可以做到，因为我们的语言本身就具备对事物的描述功能。但还有一些作家，他写草时仿佛自己就是草，写鬼时自己已经站在鬼那里，他和万物之灵是通的，消除了障碍。鬼在人心里。对于写作者，人心之外，并没有另一个世界。鬼魂属于我们的心灵世界。睁开眼睛看不见的，闭上眼睛会看见。这便是鬼。作家要多写闭住眼睛看见的。

每个人心中都有另一个或另几个我

刘予儿：在这部小说里，我读到分裂的人心，自我精神的分裂、语言的分裂、信仰的分裂。比如妥觉这个身首各异的鬼魂，比如改宗的桃花天寺买生天门，比如为捎一句话而记住又遗忘许多语言的民间翻译家库，还有让我读来惊心的人羊，还有马和驴没有完全结合的骡子黑丘。他们共同营造了一个撕裂与缝合的世界。这样的书写是出于什么考虑？

刘亮程：小说中写的是战争和改宗给人带来的身体和精神分裂。其实，即使在平常生活中，内心分裂也是人的潜在状态，每个人心中都有另一个或另几个我。至少有一个睡着和醒来的我。乔克努克在外人眼里是一个人，毗沙国常胜将军，但实际上是乔克和努克一对孪生兄弟，他们俩一个在白天，一个在黑夜，从不见面。

弟弟努克在哥哥乔克的梦里率领毗沙夜军作战，把哥哥白天打过的仗再打一遍，也让战死的将领再死一遍。而当白天来临，昏睡的弟弟梦见的全是哥哥白天的战争。他们只靠梦联系。这其实是一个人睡着和醒来的两种状态——梦和醒从不相遇。或者说，梦和醒只在文学中相遇。

我们都可能有一个没出生的孪生兄弟或姐妹。我认识一对孪生姐妹，姐姐跟我的一位朋友热恋，每当姐姐和男友约会时，妹妹的身体就会有强烈反应。后来妹妹忍受不了，便去找了姐姐的男友，她每次都把姐姐做过的事再做一遍。她们是在母腹里被分开的两个几乎一样的身体。身体分开了，心在一起，能相互感应。更多的人在母腹里没有被分开，孤独地来到世上。但另一个自己却始终存在，以精神分裂的形式存在，以梦中的我和醒来的我两种形态存在。我睡着时，另一个我在梦中醒来。那是我的孪生兄弟，我看见他在梦中过一种生活，他似乎也知道我在梦见他。如果倒过来想，当我醒来时，我是否也是在他的梦中醒来呢？

刘予儿：人羊的故事让我想到古代的一些酷刑，历史上真有其事吗？

刘亮程：我在苏联作家索尔仁尼琴的谈话录中，读到突厥人制造干活奴隶的故事，他们把刚剥下来的羊皮做成头套，缝在俘虏的头上，羊皮一干便收缩，紧紧箍在俘虏头上，里面的头发长不出来，便朝脑子里长，时间久了脑子就变得只会听主人的话。人羊也许受这个故事启发。小男孩脱光钻进活剥的羊皮里，羊皮最后长成人的皮，人羊就做成了。这是我最不想写的一段，但写好又不想删了。《捎话》里的人物，几乎全是精神或身体分裂的怪物。人羊是其中之一。

我有悠长的听觉

刘予儿：作为一位作家，似乎您本身就能看到声音之形，并赋予声音色彩。这种独特的对于声音的感知和塑造在《虚土》《凿空》中便多有呈现，在这本书中，借助驴的视野，登峰造极。您为何对于声音如此敏感？在小说中，这种借助声音塑造人间事物的能力，似乎使得作家多出一种语言的调度和使用，也为您的小说创造多出一种独属于个人的途径。您能谈谈其中的感受吗？

刘亮程：我有悠长的听觉。早年在新疆乡村，村与村之间是荒野戈壁，虽然相距很远，仍然能听见另一个村庄的声音，尤其刮风时，我能听见风声带来的更遥远处的声音，风声拉长了我对声音的想象。那时候，空气透明，地平线清晰，大地上还没有过多的嘈杂声，我在一个小村庄里，听见由风声、驴叫、鸡鸣狗吠和人语连接起的广阔世界。声音成了我和遥远世界的唯一联系。夜里听一场大风刮过村庄，仿佛整个世界在呼呼啸啸地经过自己。我彻夜倾听，在醒里梦里。那个我早年听见的声音世界，成了我的文学中很重要的背景。

每学会一种语言，就多了一个黑夜

刘予儿： 在这部小说中，感觉到作为作家您其实不信任语言。“你每学会一种语言，就多了一个黑夜。”小说中反复描写到库作为捎话人对于语言的困惑。语言更多时候是障碍，往往在人心与人心之间制造迷途。语言作为人和人交流的精神介质，反而最具有欺骗性，也最容易走样。因为语言在流通中，是利己的。西方哲学家海德格尔认为：语言即是存在。而在中国的庄子这里，语言和知识一样无用，说出口的语言是不可靠的。在印度的《奥义书》中，语言被描述为火焰，跳动、闪烁而容易灼伤人。尤其以西域大地为背景，语言似乎有了更多的歧义和不确定性。所以库的师傅教导库：只捎话，不捎变成文字的语言。但最终，依然难以将这句话捎到。人们只能用语言交流，而在这部书中，语言却无法沟通人的心灵。作为作家，作为最会使用语言的人，您是否将这看作人类生命的悲哀？

刘亮程： 我是作家，知道语言到达时，所述事物会一片片亮起来。语言给了事物光和形，语言唤醒黑暗事物的灵。但是，语言也是另一重夜。语言的黑暗只有使用者知道，只有想深入灵魂的书写者洞窥。

《捎话》思考的是语言。由语言而生的交流、思想、信仰等，也都被语言控制。连生和死也似乎被语言所掌握。说出和沉默，也都在语言的意料之中。语言是最黑暗的，我们却只能借助它去照亮。这是书写的悖论。我希望《捎话》的语言，是黑暗的照亮。但是，我也知道所有被照亮的，都在另一重黑暗里。更多时候，我们只能相信闭住眼睛看见的光明。我希望接近一种冥想中的语言状态。

语言是开始也是结束。《捎话》中的库，很小被贩卖到陌生语言地区，几乎学会所有远远近近的语言，但是，他说家乡话的舌头，一辈子都在寻找家乡的语言。即使他最终知道自己的家乡语言，早已被另一种语言征服和取代，但母语仍然在他生命的最后时刻，被已经僵硬的舌头找到并说了出来。

刘予儿：语言无法拯救人。信仰也无法拯救人。最后没有走样的驴叫成了拯救者。这是小说最终的出口吗？作家没办法给出解决办法时，便转而荒诞。这也是人间的现实。读者该怎么看待这一极为荒诞讽刺的处理？

刘亮程：我在《凿空》中写过一群驴，《捎话》写了一头叫谢的小驴。我一直想想清楚毛驴和人的关系，《凿空》中那些斜眼看着人的毛驴，其实也是现实生活中驴的眼神。我想看懂驴的眼神，我想听懂驴叫。

《捎话》写到最后，懂得几十种语言的捎话人库，终于听懂驴叫，并在死后再度转世，成为人驴间的捎话者。

我构造的是一个人和万物共存的声音世界，在这个世界里，人声嘈杂，各种语言自说自话，需要捎话人转译。语言也是战争的根源。语言消灭语言。人骑在驴背上，看似主人。而大地之上，高亢的驴叫声骑在低矮的人声上。驴在声音世界里的位置比人高。在忙碌奔波的人之上，鸡鸣狗吠也在往远处传递声音。塔、炊烟和高高的白杨树，是送鬼魂升天的阶梯，它们也是另一种语言。而所有的语言声音中，驴叫声连天接地。这种未曾走样无须翻译的声音，成为所有声音的希望。

我不是一个对人世的彻底悲观者。人可以从身边其他生命那里看到未来，这恰恰是人的希望。

刘予儿：在《捎话》中，发现您的语言更干脆地撇去了日常的细枝末节，常常直达事物的内质。这些出乎意料的描写，通鬼神的描写，在整部小说中，处处可见。您小说语言的这种讲究来自散文、来自诗歌，但又有所不同。有一个时期，当代小说似乎更重视讲故事的能力。对文学而言，语言文字既是形式也是内容。所以，一个小说家语言粗糙是没有借口的。在您的小说中，您怎么看待语言和故事的关系？

刘亮程：首先，我希望自己不是在讲故事，而是通过故事线索，讲出更多的东西。事实上，《捎话》中的故事不复杂，在这样一个不复杂的故事中，呈现复杂的情感和意义，而又不丢掉故事，这需要语言的力量，也即语言所营造的世界。

我努力让自己的文字修炼成精，然后用它去书写有灵万物。

为自己的死创造出生，这是我的文学

刘予儿：当我进入这部作品，我仿佛随着这句要捎的话，随着战争，经历了一场漫长的死亡。在这部小说中，我遭遇的是一场接一场的死亡，群体的死亡和个体的死亡。有几场死亡的细节描写，读来让人皮肤发紧。似乎，书中人物的死亡之疼痛也被传递到我的身上。我开始怨恨您。割头被描写得太多了。到最后，滚落的头颅在驴眼中如同玩具一般。时而真实，时而戏谑，戏谑和真实始终交错进行。太多死亡的描写反而把战争的残酷消解为游戏了。我在想，这种关于死亡的描写为什么不节制一些呢？从这种角度来说，这真是一部死亡之书。

刘亮程：我的着重点不是写死亡，是写死亡的仪式、尊严，我对死的书写是在延长生。战争造成无数的死亡，战争的结果就是你死我活，打断他人的生命时间。但死亡是什么，这是我着力思考的。当死亡来临，死亡并不是结束，结束的是生，死才刚刚开始，我写了几个漫长的死亡历程，这样的书写是对死亡的尊敬，死亡本身有其漫长的生命，这恰恰被我们忽视。

刘予儿：书中人物通过死亡学习死亡。一门绝学。记得您曾说过，一个作家必须解决死亡问题。这也是文学要做的事。您如何看待自己创作的这部“死亡之书”？

刘亮程：小说中多次写到“死亡学习”的细节，一个生命在另一个生命的死亡里，学会了自己的死亡。尽管他们互为敌人，但死亡让他们回到同一件事上，敌人和亲人的、他人和自己的，突然中断的生，让人们来到唯一的死亡跟前，死亡的仪式和庄重，成为生命最后的晚课。

我曾在印度参观泰戈尔故居，泰戈尔寝室床头，挂着诗人在这张床上临终前的一张照片，诗人无助地躺在床上，目光空洞茫然地看着前方，我不知道他最终是如何死亡的。但这张照片让我心碎。一个曾有过巨大内心精神的作家，到最后似乎毫无准备，束手无策。我也读到同样是印度哲人的奥修，一生研究思考来世，但当他临终时，竟然哭闹得像一个孩子。奥修体面妥善地安排了自己父亲的死亡，告诉多少人死亡是另一重生的开始。可是，他自己的死亡无法自我安排。

在我的家乡，在村里，老人们会早早为死亡做准备，提前选好墓地，做好寿房（棺材）等待。尽管死亡来了依旧孤独无助，依旧恐惧，依旧会有生命最后的挣扎和不顾，但一切早已准备妥当。

刘予儿：您把死写得这样细致，自己不害怕吗？想说出这句话的嘴也变硬，脑子里突然布满远远近近的路，每条路上都走着自己，都面朝里，往回走，身后的路在消失，前脚刚落，后脚跟就长满荒草，所有的路从脚后跟被收走。创作这部小说，沉浸在对死亡的想象中是什么感觉？

刘亮程：死亡活了。

刘予儿：在您眼中，人人逃不过的死亡是信仰的终极之语吗？您是在通过一场场的死亡，质疑语言、质疑信仰吗？

刘亮程：死亡并不能让我们学会什么。但死亡里有它自己的生。我们把它表述为永生。我在《捎话》中为死创造了无限的生：飞出去的头颅的生、被砍掉的手指头的生、腐烂成土的舌头的生，还有，那些死去的人，在能看见鬼魂的驴眼睛里活着。甚至那些在战场上身首分离的头颅，也以骷髅的形式活着。面对死亡，理解死亡，创造死亡。在《捎话》所创造的死亡里，生命层层叠叠，并不被战争和时间消灭。我们必须为自己的死创造出生。这也是我的文学。

我喜欢写黑夜，在夜里我可以看见更多

刘予儿：在这部书里，有几个词的使用引人注目。小说一开始，毛驴谢"将门外的一切都看扁了"，这是您设定的一个中立者的视野？这是否意味着，一切凡间的、宗教的视野都是有局限性的，是扁的？扁这个词反复出现，连接起不同的意象。有些读者可能会不理解。您为什么要反复构造"扁"这一意象？

刘亮程：民间有"门缝看人，把人看扁"的说法。其实，任何一个单独的眼睛看别人看世界，都是扁的。《捎话》中的扁，又有了更广的寓意。扁让所描述的事物有了轻盈欲飞的灵魂状态。扁是我设定的毛驴谢所看见的世界。在那里，天国是扁的，死亡是扁的。天空和大地是扁的。所有生命和非生命，慢慢地走向扁。扁是万物的灵魂状态。

刘予儿：除了扁这个词，黑这个词也是在小说中被频繁使用的，只是往往和黑夜融为一体，容易被忽略。黑这个词在小说里是隐性的，我理解为：一个是词语的黑，一个是夜晚的黑，一个是人心

的黑，还有一个是隔开人和其他物种的黑。

刘亮程：小说中那头叫谢的小黑毛驴，自己带着一个皮毛的黑夜，和库一起穿越战争。刻在她皮毛下的昆经更是见不得天日的黑。《捎话》中最重要的几个战争也都发生在黑夜，或昏天暗地的沙尘中。我喜欢写黑夜，在夜里我可以看见更多。大白天，万物都肤浅地存在着。

刘予儿：另外，读这部小说时，我感觉天上不断在落土。书中有很多从天上落土的描写。记得许多年前，《虚土》的结尾是：树叶尘土。这个词，似乎也被您赋予了特殊意义，在您的文学中，土是物质的，而漫长的尘土似乎是精神的，是一种时间的开始和结束，似乎也是一种由生命连接起来的属于大地的信仰。

刘亮程：我经历的落土天气太多。风刮起的土，人和牲口踩起的土，几乎弥漫一生。落土是这部小说的氛围，战争和忙碌使大地上尘土飞扬，扬到天上的土迟早会落下，但永远不会尘埃落定。

在我的小说和散文中，土是一个时间概念，包含生前死后。生于土上，葬于土下。生时尘土在上，那是先人的土，落下扬起。死后归入尘土，也在地上天上。尘土里有先人寄居的天堂。

捎话的本意是沟通

刘予儿：这部小说里有很多虚构的说法，比如昆门徒、天门徒，但这种虚构又对应着真实。包括文字的虚实相映，整部小说的时空之虚。在想象力到达很远的地方，在您说“神话”、说“鬼话”、叫出“驴鸣”之时，依然能感受到一种来自现实生活的真实。您怎样看待小说虚构的真实性，或者说，两者如何达成统一？

刘亮程： 这样一种在梦与醒、虚与实间自由穿行的语言方式，我在《虚土》中便已完成得非常好。《虚土》写一个孩子，在五岁的早晨突然醒来，看见自己的一生正被别人过掉，那些二十岁的人在过着自己的青年，六十岁的人在过着自己的老年。这样的醒来比睡梦还虚幻，但又真实无比。到了《捎话》，要面对那些信与不信（信仰）、白天与黑夜、鬼与人等，语言需要悄无声息穿行其间，神不知鬼不觉，却神鬼俱现。

写作者有时也会被语言牵着走，语言有表演欲，有惯性，该停时没停住，滑出去几句，就会败了整体。一个对语言有自觉的作家，知道在哪儿恰当停住。

刘予儿： 读《一个人的村庄》是您，《虚土》是您，《在新疆》是您，到了《凿空》这部小说，有一部分是您。但在这部《捎话》中，已经不是您了。

从这部《捎话》开始，您的小说节奏已经完全发生了改变。从以往的散文节奏中彻底脱离出来，形成了一种新的小说气象。《捎话》可以看作是刘亮程作为小说家完成自己的作品。我相信，散文之名曾经给您的小说写作带来了客观困难。在这部小说中，您越过了这一困难。您怎么看待这种改变？

刘亮程： 我以前的作品，大多在个人经验范围内写作，《捎话》

进入纯虚构。一个作家要有虚构世界的能力。

刘予儿：在这部书里，我没有看到人和人最终的和解，我只看到鬼魂的和解，来世的和解。也许，人类永远无法和解。没有任何一部文学作品可以解决人心的和解。文学作品提供不了现实的解决办法。这似乎让人绝望。信仰反而使人拿起屠刀，走向反面，带来愚昧和疯狂。人性利用了信仰，还是信仰利用了人性，似乎，捎话只能建立在死亡中。终极信仰的和解并不在小毛驴谢刻在身体上的经文中。在人们还活着时，这句话却难以捎给人心。

刘亮程：捎话的本意是沟通。贯穿小说的也是不断的和解与沟通。只是有些话，注定要穿过嘈杂今生，捎给自己不知道的来世。那或许就是信仰了。

2018.8

原文刊载于《新青年》

为我的耳朵写一部书

——答新浪读书问

问题1: 如果简单地概括,《捎话》这部作品讲了一个什么故事?

刘亮程: 千年前一头驴脑子里的世界。这头叫谢的小毛驴,被一个叫库的翻译家牵着,当一句话,捎给千里之外的敌对国。一句话就这样上路了。

问题2: 作品的灵感来自哪里?

刘亮程: 这块遥远土地上众多的语言、人声、驴鸣狗吠、尘土起落和魂灵闪烁的声音。

问题3: 新作与以往的作品有什么不同?

刘亮程: 借用评论家的话,《捎话》是一部神作。

问题4: 创作中最大的感受是什么?

刘亮程：书写死，悲悯死，创生死。

问题5：新疆对您意味着什么？在新疆生活多年对您最大的影响是什么？

刘亮程：我的家乡和别人的远方。给了我干燥的梦和干净的语言。

问题6：驴是您的作品中经常出现的角色，在您眼中它意味着什么？

刘亮程：驴是我在动物中的知己和同类。

问题7：为何在作品中描写了很多声音？

刘亮程：我有敏锐的听觉。我要为我的耳朵写一部书。

问题8：您觉得作为散文家的刘亮程和作为小说家的刘亮程有什么不同？

刘亮程：作家所写的是他理解和感知的那个世界，以及呈现这个世界的语言思维和意象体系。我有自我体系，无论散文小说。

2018.12

文学：一个人的自言自语

——答南师附中学子问

学生1：我记得您说过："我的孤独不在荒野上，而在人群里。"您笔下"寒风吹彻"的感觉是不是由类似的孤独带来的？

刘亮程：《寒风吹彻》这篇文章，其实是把内心的寒冷和自然界的寒冷，这双重寒冷压缩在一起去表述的。我的散文从来不会单独地写风景，铺陈一个景观或者一个场景，每一句话中既有自然又有内心。传统作家写景的时候，常常会把自己"放一下"先去写景，然后由景生情，而我的语言图式是把景和情浓缩为一句。就像"雪落在那些年雪落过的地方，我已经不注意它们了"，看似写景，但紧接着一句是"三十岁的我，似乎对这个冬天的来临漠不关心"，就从一个自然界的雪天迅速进入内心，自然与内心已经交融一体，没有分别。这是我的语言，我通过多年的诗歌写作完成的一种语言。像这样的语言应该是每一句话有几种意思，每个句子不可能只是单独的一层意思。我们在写作时总希望自己的一句话是十句话、百句话、千万句话，一句话延伸的意义应该有无数个指向，从来不会用一句话去单独地指意，每一句话都在表达类似悲欣交集的复杂情感。当然孤独是《寒风吹彻》的主题，也是《一个人的村庄》的主题，这种孤独是一个村庄孤立于天地之间的孤独，也是一个人内心孤立于天地之间的孤独。

学生2：讲座中出现了方言这一概念，您在写作中也用到了方言词汇，但大部分的写作还是用普通话完成的，请问您对普通话是一种什么样的感觉？

刘亮程：其实我的普通话说得不好（笑）。我说的是新疆乌鲁木齐的普通话，在新疆时我觉得我说的是普通话，一旦我离开新疆到北京，或者一旦我的声音被录下来，我就发现自己的发音如此土。新疆有地方方言，但是我的文字是用普通话写的。而且我的文字本身可能受文言文的影响比较大，我也建议年轻作者或学生多学古典文学，多从古典文学中寻找自己的说话和演绎方式。因为现代汉语本身太过松散，表现力远不如古文。古典文学没有长句，但表达得清清楚楚，现代汉语句子越来越长，越来越抓不到事物的核心。我也非常喜欢方言，我觉得它非常有意思。相对来讲，普通话最没有表现力，方言比如四川话，它多好呀！尽管有时候我都听不懂（笑）。我老家是甘肃的，回到甘肃的时候，我也会跟着他们说甘肃话。回到方言就像回到母亲温暖的怀抱，你可以那样说话，那种话更贴切，那种语言环境更容易把自己所要表达的东西说清楚。但是，方言也有其局限性，一个有鲜明语言风格的作家，他创造自己的文学方言。他有自己的语词系统、抒情调性、修辞方式。他用自己的语言说话。

学生3：在刚才的讲座中，您提到一个词叫“挽留生命”。我想问一下您对这个词的看法，为什么在寒冷的冬天，您会用“挽留”这个词？

刘亮程：我也用“死亡”一词，但写那个老人在冬天去世时却用了“留住”。我在写《寒风吹彻》时，面对那么大的一个“自然”，一个又一个老人的去世，我只能从一个更大的维度去说，所以我觉得是冬天对生命的“挽留”。关于死亡，我们总是在创造一些去处，创造一些说法，让生命不至于如此短暂，让生命的终结不至于成为我们常规理解中的“离开”。我想当那些老人被冬天留住的时候，是留在了一个更大的自然怀抱中，留在那个铺天盖地、周而往复的季节中。我想这样处理死亡，让人们一生在天地间过完，呼吸了这么多年的人间气息之后离去，我不想用简单的死亡去表述，所以我用了“留住”这个词。

我新出版的长篇小说《捎话》，写到了战争，也写到了一场场死亡，读者会在小说中看到，死亡如此的悠长。一个人的死亡，我可以把它写得比他的一生还要悠长，这是一个作家对死亡的创造或者对死亡的理解。因为我们都是活着的人，死亡跟我们都没有关系，我们看到或者听到的都是别人死了，死亡离我们非常遥远，自己的死亡不被我们看见，不在自己的一生中。而这也是作家要关注的。谈到死亡就要谈到永恒，一个作家如果不关注死亡，那么他关注的就是今生的忙碌，今生的操劳，从生到死这段现实的生存。所以在这本书中我把更多的笔墨和更多的情感用在了对死亡的书写上。当一个人的生命迹象在我们用常规的眼光判断他已经离世的时候，其实那个死亡留给他个人的世界是无限大的。那个结束只是另外一种形态的开始，这种开始不是佛教所谓的“转世”，而是生命带着无限的留恋，带着现世的余温，甚至世人对他的呼唤、念想在朝前走。死亡如花盛开，如生漫长，这是我在用自己的方式解读死亡、理解死亡，也呈现死亡。

学生4：您在讲座中提到了“悲悯”，由此我觉得您特别像俄罗斯作家托尔斯泰和陀思妥耶夫斯基，他们也是在恶劣的自然环境中成长的。请问新疆的自然环境对您的精神成长有什么影响？

刘亮程：我觉得新疆跟绝大部分省份不一样。首先是地理和自然不一样，那个地方有干燥的空气，漫长的西北风，有遥远的地平线，还有天苍苍野茫茫的景致，有无边无际的戈壁滩沙漠，当然也有一样辽阔的绿洲田野。在这样的环境中，人会自然而然地感觉到一种更为巨大的存在，不是城市，不是社会，也不是政治。你会感到在那样的环境中人小如尘土，随便都可以飘落到哪里去，但人的心灵空间又是如此之大。人可以感知到这样的大。

在历史上，新疆之大，也壮阔了许多诗人的胸怀。岑参就是这样一个诗人，他在新疆待过三年时间，只做了判官这个职务，相当于文书。他去新疆前是唐朝的普通诗人，在新疆写了数十首边塞诗名震大唐。新疆给了他轮台九月风夜吼，一川碎石大如斗。给了他天高地阔，超出大唐的心灵空间。

我也写了许多自然之物，我们村庄每家都养羊、猪，还有驴、马等。人走到路上，听见整个村庄的声音就是鸡鸣狗吠、马嘶驴鸣。这也促使我在写作的时候会首先想到这些动物，也就写出了一个万物共存的世界。《一个人的村庄》写的大部分是动物、植物、风和天空这些天地间的事物。这就是新疆特殊的自然环境给这本书营造的不同于内地的自然风景，正是这样的风景给我的心灵营造了一种更大的心灵环境。

学生5：刘老师您好，听您讲话，感觉您正在创作一篇散文或者诗歌，您这种语言习惯是多年的写作养成的吗？

刘亮程：我像你这么大的时候都羞于说话，也没有说话的机会，都是大人在说话，后来工作的时候都是领导在说话（笑），所以就很不会说话，不知道该如何跟人说话。我觉得自言自语是一种最好的说话方式，《一个人的村庄》这本书就是一个人自言自语，旁若无人，旁若无天，旁若无地。一个人在荒芜之地对着空气就把一本书说完了。

自言自语是最本真的文学表达，他言说的时候，不会想象对面有耳朵在听，他只会自己在说，自己在听。有记者问我在写作的时候会不会假设潜在的读者，我说不会。因为我不知道谁在读我的书。即使我知道我也不会为谁去写一本书。这就是一个作家的清高，一个作家的孤傲。当一个作家清高孤傲的时候，他对读者才是尊重的。因为他为自己高贵的心灵写作，他自言自语，说给自己听的语言，才会说到别人心里。

学生6：《一个人的村庄》中有很多对人生、天地的终极思考，比如说，人踩起的尘土落在牲口身上，牲口踩起的尘土也落在人身上，您还设想过荒野上有一株叫刘亮程的草，还说有一天躺在草坪上然后被虫子给咬了，进而设想自己是不是一只大一点的虫子，而大一点的生物有没有想着把自己从身上拂去或者拍死……是什么触发了您的奇思妙想呢？

刘亮程：这是我所有文字中贯穿始末的人与万物同在的主题。当你站在人的角度，以人的眼光和观念去看这个世界的时候，它仅仅是一个"人"的眼界。但是作为人，有能力站在苍蝇的角度去想想这个世界，我们也有这种能力去站在一棵草的角度，去感受这个秋天。

《一个人的村庄》只是提供了无数的视角，它主要还不是人的眼光，它是一个人在人世间的"走神"，走到动物、尘土那里去了，走到世间的万物里去了。当我在写一只虫子的时候，我瞬间站在了虫子身边说话。写一头驴的时候，我觉得自己在替驴说话而不是替人在说。假如这个世界上仅仅只有人的眼光，只有人对世界的看法，这个世界就太孤单了。世界如此丰富，只有人在看、在想。

学生7：刘老师您好！在《今生今世的证据》中，人的存在痕迹是不断被消磨的，请问您相信人的存在吗？您在《捎话》最后也写道："有些话注定要穿过嘈杂今生，捎给自己不知道的来世。"如果您能给来世"捎话"，您会说些什么？

刘亮程：我当然愿意相信有来世。那个来世可能不是佛教的六道轮回，也不是基督教的天堂、地狱，它是我们留在世间的无限的念想，或者是那一丝灵魂的余温。

《今生今世的证据》选入语文教材我觉得是一个意外。这篇文章在《一个人的村庄》最后一辑，也是对全本书的一个回顾总结，它提到的好多意象：木头、柴火、院门、土墙等，都在散文集前面作为单独的文章写过。

这篇文章写一个人离开家乡，多年后回来，看到早年生活的那个家园已经破败不堪，到处是残墙废址，他开始反思生活和生命的意义。难道我在村庄度过的那么多年，最后都变成废墟了吗？生命需不需要证明，需不需要有证据来证明我们曾经的生活还有价值和意义？这篇文章就是在这样的追问中完成的。尽管一直到文章的结尾，我也没给生活或生命找到更为可靠的证据，但是我想让大家知道：生活是一点点被我们遗忘再一点点想起来的，在这样的遗忘和回想中，生活或生命留给我们的这些念想，本身就是生命的证据。不仅仅是那些正在消失的土墙、木头、铁钉，也不仅仅是在村庄留下的那段岁月和故事，它有一种更为悠长的念想留在我们心中。这篇文章的最后一句，我到现在想起来也不知道写得对不对："当家园废失，我知道所有回家的脚步都已踏踏实实地迈上了虚无之途。”其实我现在觉得“虚无”这个词或许不太合适，但是它可以解读为脱离物质层面的一种心灵状态，解读为家园荒芜但是内心对家园的怀念。对家园的情感，是岁月留给我们看似虚无但又非常踏实的一种生命存在。

2019.2

南京师范大学附属中学

用智慧和诗情复原万物共生的自然与世界

最早给了我文学启示的，可能是我的两个父亲

程　青：你的散文朴素沉静却又丰富深邃，充满发现和哲思，你是如何找到这样一种表达的？

刘亮程：我曾经是一个怀揣梦想的乡村诗人，离土地很近，我用诗歌想象那个村庄时，她既是家乡，又远在梦乡。我的散文承接了诗歌如梦的气息。写《一个人的村庄》时，我的语言和思想都已经成熟。不是简单地用散文去写一个村庄，而是把村庄写成一个世界。一个我自己的文学世界。有这样的构想，怎么写便随心所欲了。

程　青：你的个人经历和成长对你写作有哪些影响？

刘亮程：最早给了我文学启示的，可能是我的两个父亲。先父是传统的旧文人，写一手好毛笔字，会吹拉弹唱，能号脉开医方，能捏骨治病。在甘肃老家时，先父是县城关小学副校长，拿国家工资，1961年携家带口逃饥荒到新疆，落魄躲到新疆沙漠边一个村庄。他跑得太远了，把自己和我们一家人逃荒成了农民，但他从老家带来了中医书。我最早看到的书，是家里那些泛黄的医书，看不懂，但隐约知道那些文字能治病，能救人。

先父在我八岁时不在了。几年后母亲带着我们到了后父家，后父不怎么识字，但会说书，也不知从哪听来的，他说《三国演义》《杨家将》《薛仁贵征西》，那些漫长的夜晚，在昏暗的油灯下，我们聚精会神听他说书，他讲的那些书里的故事，后来启发了一个写书的人。

那时我生活的村庄虽然偏远，但有一些天南海北的文化人流落到村里。他们带来了书。线装本、竖排、繁体字的老书。我小时候有幸读到过几本，几乎都没头没尾，破烂成半本书。那书在村里传阅了多少年，从一家到另一家，最后到了我手里。多少年后，我写《一个人的村庄》时，常想起小时候读过的那本前后撕掉多少页、没头没尾的书。我想写的也是这样的一本书，前后被我撕掉多少页，她无始无终，但孤独自足。

在我的文字中，时间像荒野一样敞开

程　青：你的文字有一种不慌不忙却又极具穿透力的独特气质，

仿佛你的一生极其漫长，或者说仿佛你在用好几生的时间来过这一辈子，你是如何感知和在你的文学世界里构建"时间"这一概念的？

刘亮程：我是在农耕时间中长大的。所谓农耕时间，是一种没有被分割成分分秒秒的混沌时间。它是大块的。人在这样的时间中不着急。春种秋收，土地翻来覆去，大地青了又黄，日头落下升起，日复一日，年复一年。复是往复，亦是重复。人懂得了这个复，便会在时令前处变不惊。时光一再地以同一张面孔来，同一张面孔去，漫长又短促，沉淀到人心里，形成一种过日子和处事的态度与方式。这是天长地久的农耕时间对我的启示和教育。

在我的文字中，时间还有另一副面目，她像荒野一样敞开，过去、现在与未来，摊开在同一片时间之野，无前无后，我的文字任由抵达，也由此构造出一个生死同在、万物有灵的世界。时间一遍遍覆盖，又一遍遍吹开。如霜雪飘落，如花草盛开。如始如初。因此也消弭了生死界限，生命以恒常的状态存在于时间旷野。作家对生命的塑造即是对时间的创造。我在《一个人的村庄》中，创造了一种慢悠悠的甚至停住不动的"黄沙梁时间"，那些村庄事物，在我创造的时间里有了另一种生活和命运。

作家须将自己活成一个地方，
而不仅仅是活成一个地方的人

程　青：你写道："在新疆，我看见过生长一棵树的时间，长老

一个人的时间，河流干涸，沙漠变成绿洲的时间……”，“也许我的一辈子早就完了，而我还浑然不觉地在世间游荡没完没了，做着早不该我做的事情，走着早不属于我走的路”。新疆或者说新疆生活那种时空的辽阔感带给你内心的感受和变化是什么？

刘亮程：新疆被称为“遥远的地方”，这个远，是“路曼曼其修远兮”，她远的有意蕴，有气度，深而旷，难以到达。从内地到新疆，遥遥几千公里，到了新疆才知道，更远的路还在疆内。从新疆首府乌鲁木齐到南疆北疆，也是遥遥几百上千公里。新疆同时拥有内部、外部双重的远。新疆地大路远，这是自然。但更吸引人的是新疆历史文化的丰富多彩和悠远。加之不同民族的语言风俗文化的差异，新疆让你走近了依然觉得远，或者越走近越感到遥远。远是新疆最诱人的魅力。她的远是万古山河精神之造化，亦是千年历史文化所修来。

我在新疆生活了半个世纪，新疆差不多是我的家乡了，但依然感觉她遥远。她是我现实的生存之地，和文学的如梦世界。我文字中的遥远气息，都是她给我的。

程　青：你的《在新疆》2014年获得“鲁迅文学奖”，但你笔下的新疆并不是现实的新疆，所以你其实根本没法被看作是一个乡土作家。你说“写作就是对生活中那些根本没有过的事情的真切回忆”，那么，你一直在写的是什么？

刘亮程：文学是作家的内心生活。那些在内心中发生，没有付诸现实的生活，被文学实现了。我有时在聊天时讲年轻时经历的事，总有人说，你经历的生活太有意思了，怎么没写进书里。我说，凡是我能说出来的，都不会写成文字。那只是一个故事，尽管真实可信，讲出来也好玩。但是，这个故事太实在了，她没有生长出更多的意义。所以她还不是文学。

我要写的，必定是说不出来，也没法跟别人去说的那些事情。是不可言之言。

或者，即使写一个亲身经历的故事，这个故事也是在时间中长成了另外一个故事。一个作家的内心，是可以养育故事的。把一个小故事养成一个大的心灵事件，便可以写出来了。

程　青：你是如何将阅读资源和生活资源转变为自己独特的写作资源的？

刘亮程：作家须将自己活成一个地方，而不仅仅是活成一个地方的人。在他身上有一个地方的气候。他在风声中找到语言，从光阴和季节交替中找到文学叙述。向历史和自然学习，接受时间岁月的教育，与万物同欣悦共悲悯。

我能看懂一棵树的生长和命运

程　青：你以散文成名，然后转向小说，你写出了《虚土》、《凿空》和《捎话》这三部长篇，它们有没有什么内在的联系？或者说你想通过这三部小说勾勒和呈现什么？

刘亮程：这三部小说或有一个共同点，都在写声音。《虚土》写了一个五岁的孩子，一直怀疑自己没有出生，或者已经出生，但自己的生活早已经被村里那些三十岁、五十岁的人过掉。他听见的所有生活的响动都是别人的。自己的生命静悄悄的，不知去了哪里。一种生命极度的空茫感。这是我最喜欢的一部小说，我解决了语言在虚与实、梦与醒之间的自由通达，是我的通灵之作。《凿空》写一个聋子耳朵里的声音世界——叙述者张金外出打工，耳朵被矿山爆破震聋后，医生给他开的药方是“回村里去，回想那些过去的声音”。于是，聋子张金在回忆中，听到了这个村庄所有的声音。这是一个孤独而伤心的故事。这世界的许多声音，我们只有耳朵聋了才能被听见。《捎话》写的依然是声音，千年前这块大地上的众声喧哗。

程　青： 你写梦境：昏睡的弟弟梦见的都是哥哥白天的战争，他们只靠梦联系；你写声音的形状和颜色，驴叫能在塔外摞起一个更高的塔，你强调文字的“到达”，你是何时有了这样的意识？

刘亮程： 我有敏感的听觉，而听觉又容易化为幻觉，那些声音出现消失，了无痕迹。早年我生活在沙漠边的村庄，四周是荒野沙漠，听到的声音都远，那个村庄也远在世界外面。尤其风声，远远地刮来又远远地刮去。后来我写作时，脑子里总有一些声音远远响起，我不知道那些声音是什么，但又分明知道。我的写作仿佛是循着那些早年隐约听见的声音，去找到一个又一个故事。文字的到达，便是与万物的神相通。

程　青： 无论是你的散文还是你的小说都呈现出复杂的情感和意义，塑造了一个万物有灵的世界，是什么启发你有了这样的思路或者说感知？

刘亮程：我小时候胆小，就觉得那个村庄也胆小。那一村庄的人住在沙漠边，独自承受天高地远，独自埋入黑夜又自己醒来。那种孤独和恐惧感，那种与草木、牲畜、尘土、白天黑夜、生老病死经年的厮守，使我相信并感知到了身边万物的灵和情绪。我从自己孤独的目光中，看见它们看我的目光。就像我和屋前的一棵榆树一起长到三十岁，它长高长粗，我长大。这么长久的相伴，你真会把那棵树当木头吗？我不会。我能看懂一棵树的生长和命运。我能看见一群蚂蚁忙忙碌碌的穷苦日子。这不是文学的拟人和比喻。在我写村庄的所有文字中，有一棵树的感受，有一棵草的疼痛死亡，有一只老狗晚年恋世的目光，它们，使我对这个世界有了更为复杂难言的情感和认识。

人和自然终老一处，这是最好的回归

程　青：你的《捎话》不是中国传统小说的模样，无论是故事讲述的方式还是人物塑造，都很别开生面。小说中的一些片段，比如《回来》《母驴集市》等非常像短篇小说，你是有意要拓展小说的样态，还是只是写出了自己心目中的小说？

刘亮程：我想写一个"万物"的世界，不仅仅只有人的故事。《捎话》的背景安置到了千年前。那时候，人还与万物一同生活，大地上的生与灵都在，人也相信灵，比如小说的主人公就是一头叫谢的小驴。即使在十多年前，新疆也是遍地毛驴。驴是人最主要的帮手，那个世界一半人一半驴，家也是一半人的房子一半驴的圈棚，人骑在驴背上，但驴叫声骑在人声上，鸡鸣狗吠、尘土和鬼魂的声音，在人声之上，自成一个声音世界。在那个人和万物同在的世界里，人的生活被驴看见，人在鸡鸣狗吠中睡着醒来，人为信仰而争斗，不管人信了什么，驴都跟着人，不变心，不改初衷。我写的所有动物都是它们自己。只是现在，人不需要驴这种牲畜了，也不需要在鸡叫中醒来，人的世界只剩下人。我思考的是，人真的不需要知道自己在一头驴眼睛里是什么样子吗？我们真的不必在乎自己在万物眼中的形象吗？在小说中那头斜眼看着人的驴心里，人可真的不是我们以为的那样。

如果我们在乎这些呢，我们对世界或许便多了更多的感受和认识。

程　青：说说你喜欢做的事。

刘亮程：五年前，我在木垒县菜籽沟村购得一所废弃的老学校，建了木垒书院，我在那里耕读养老。尽管老还尚远，但老之将至，也是必然的。所以，早早地，在一棵树下坐下来，听风声鸟语，晒着太阳，看光阴从早晨移到黄昏，慢慢地预习自己的年老。在这个过程中，看着身边的树在老，树上的虫子和鸟在老，屋檐下的水滴在老，房子和路也在老。人和自然终老一处，这是最好的回归。另外，亦想在自己的老年，有三五弟子，随伴山林，平生所思所悟，有几只耳朵听，有几颗心接受，这也是历代中国文人想做的事，想过的生活。活到老，才知道自己活成了一个中国文人，与自小你读其诗赏其文的那些千年前的文人，想法如出一辙。

2019.3.10

原文刊载于《瞭望》

辑三

菜籽沟：土地上的睡着和醒来

菜籽沟，与过去相遇

这个村庄安安静静停在那里

新华网：您为什么会选择在木垒菜籽沟村建立艺术家村落？这里究竟有什么吸引您的地方？

刘亮程：是一个很偶然的机会。2014年初，大冬天，木垒县邀请我们给当地做旅游文化策划，沿着东天山边走，发现那些村庄里有成片的老建筑，当地人叫拔廊房，其实就是简化的内地廊房建筑，廊檐拔出来，有了一个新名字。当时就想多走走看看，走着走着一拐弯到了菜籽沟村。

我当时的感觉非常奇妙，这个村庄安安静静地停在那里。它没有被改造过，保持着至少百年前人们生活的状态。村庄的建筑延续了清代、民国到新中国成立后二十世纪八十年代前的建筑风格。建筑方式从最古老的夯土墙，到土块墙、砖基土块墙、砖包皮等，几乎是一个西域汉式建筑博物馆。

从村庄的哪个角度看过去，都像一幅山水国画，那些人家，憩息在小河边、山脚下，人在自然的一个小小的角落，炊烟缓缓上升，从地通到天，这样一个人和自然和谐相处的国画意境，在菜籽沟村完美地保留着。

村里原有四百多户人家，半数搬走了，留下好多空房子，都是老宅院，几千块钱就卖了烂木头了。当时我只是觉得这些老宅院拆了可惜，回到县上后，把这些情况向县委领导做了汇报，也谈了我的想法，先把这些老宅院抢救性地收购了，让艺术家来建工作室，艺术家愿意在这样的老庭院里安家。这个想法得到了县委领导的肯定和支持。

事实与我想象的一样。我们收购了几十户民宅，号召艺术家来认领。很短时间就有几十位艺术家响应，因为这里的房屋很便宜，几万块钱就可以买下来，于是就这样做起来了。

老学校是一个时代最后的纪念

新华网：而木垒书院的创建又是怎么一回事？

刘亮程：我们收购的最大一个院子就是现在的木垒书院，它原是二十世纪六十年代的老学校。菜籽沟村原来有两所学校，小学在二十年前荒弃了，学生都到乡上去上学。我们收购的是村中学，也在十多年前荒弃了，包给农民养羊。我们用一年多的时间，把一间一间房子收拾出来，建成现在的书院。基本上没有改变学校的原貌，只是做了内部改造，增加了一些建筑，让它能满足现代生活条件。

这个老学校本身就是一个现成的书院格局，大门进去，左右两排房子是学生教室，中轴线对着的台阶上是老师办公室。我们把老师办公室改作正殿，供上孔子像，就是文庙了。这是典型的中国式建筑，两出水木结构，大梁、椽子、檩子都有讲究，有内在秩序。那个时代一过，我们的所有新建筑都不讲究了，我们的居住文化由此中断。所以，这院房子虽然年代不远，五十多年，但也是中国传统建筑的最后纪念了。

“低到泥土里的文学艺术奖”

新华网：那么设立首届“丝绸之路木垒菜籽沟乡村文学艺术奖”的初衷又是什么？

刘亮程：首届“丝绸之路木垒菜籽沟乡村文学艺术奖”，是我们在菜籽沟和木垒书院做的一个文化品牌。我们在木垒县委政府的支持下，每年筹集一百万元，奖励对中国乡村文学、乡村绘画、乡村音乐、乡村设计做出杰出贡献的人士。

我们的宗旨是站在木垒和“丝绸之路”这个大背景下，整体关注中国乡村文学艺术。乡村是中华文化的精神创生地，中华文化的根在乡村，我们要从根部去关注它。

菜籽沟乡村文学艺术奖，是“低到了泥土里”的奖，力图从根上发现这片土地上的文化、精神和艺术的变化。

建立这样一个奖项也是基于我们对中国乡村文化体系的自信。假如一个文化人不真正到乡下去生活，他可能会很自然而然地认为乡村在衰败，乡村文化体系在中断，因为一个又一个空巢村庄出现。但是多数村庄还有人在住，尽管走掉了一半的村民，只要乡村里有人住，乡村文化体系就在。

中华传统文化依然根深蒂固在乡村存在着，在这些留守乡村的人群中延续着。你到每家每户都会感受到这种体系的完整，乡村的院落建筑、风俗习惯、儒家文化的道德准则，在每家每户都活生生地存在着，这就是完整的乡村文化生活。

村里人早已把儒家文化过成平常日子

新华网： 在首届“丝绸之路木垒菜籽沟乡村文学艺术奖”的颁奖典礼上，有一个环节是祭拜孔子，这是你精心安排的环节，此举是为了儒家文化有个很好的传承吗？

刘亮程： 我们书院石碑上刻的孔子像，是唐代的吴道子画的，这是中国人最认可的孔子，目光睿智而谦和，向我们行拱手礼。这个礼是圣人孔子教给我们的，他一动不动，站在两千五百年前对我们行礼，我们在时间中走了这么远，还得转身给他老人家回礼。我们用孔子教给我们的礼礼敬他人，也礼敬自己，彬彬有礼是中国人固有的气质。即使在边远新疆的菜籽沟村，儒家文化的礼也早已成为村人生活的一部分，尊老爱幼，长幼、邻里间都有礼数，这种最朴素、平常的礼数，被村里人当成一种生活方式继承下来。这些村里人把我们认为的文化当成平常生活，在过日子。他们千百年来都是按照儒家文化的道德准则，按照孔子教给他们的行为准则在生活。

你在村里面随便找一个老人，他就是最大的文化人，他知道人们生老病死的所有礼仪，知道如何迎生，如何操办婚礼，谁家孩子成年，他知道如何过成年礼，等到有一天你老死的时候，他还会操办丧礼。他用一种文化体系把你从出生、长大到死亡的礼仪全部操持完，这个文化体系是完整的，只要有一个老人健在，它就不会中断，这叫文化。我们活在这个文化中会很安心，在你人生的各个阶段都有相应的礼俗，这种礼俗就是乡村文化的一个重要部分。

中国文化之所以延续五千年不曾中断，就是因为它的根基在乡村，它与村民的生活息息相关，密不可分。一个朝代来了，一个朝代去了，在安安静静不曾被打扰的广大村庄里、农家小院里，人们依旧是按照前朝的生活方式去生活，依旧是按照前朝灌输给他们的乡村文化传统去生活，祖祖辈辈不曾改变，传统的文化道德不曾被颠覆，改朝换代只是上层的事，上层在换皇帝，农家不会跟着换爷爷。上层把儒家文化当成治理天下的工具，知识分子把它当学问，底层老百姓把儒家文化当平常日子在过。这就是中国文化的稳定性，任何一个朝代的更换都不会从根本上破坏它，到现在依然如此，改革开放以来，乡村无论是重建，或是毁坏，乡村文化依旧存在。这就是文化的希望。每个人、每个家庭都是这种文化的活载体，你说这种文化会消亡吗？

在菜籽沟与过去相遇

新华网：菜籽沟这样一个古朴的、原生态的村落，究竟给你和艺术家们带来了什么？

刘亮程：我在二十世纪末创作出版了《一个人的村庄》。这本书其实是对儿时村庄生活的回望。我没想到将近二十年过去，见到菜籽沟，发现这里的面貌非常接近《一个人的村庄》中的黄沙梁，可能是一种命运的安排吧。感觉走着走着，以为在朝前走，突然一拐角就跟过去相遇，撞个满怀。我都不知道冥冥之中会有这样一种命运。我曾经用文字，用长达十年的时间书写过的"一个人的村庄"，二十年后你又一头扎进这样的村庄里，出不来了。

现在有那么多艺术家被我召唤到菜籽沟来，我在书院也投入了很多精力财力，看来以后的生活，就在这个山沟了。

我这个年龄喜欢怀旧，喜欢那些熟悉的事物，这个村庄满足了我的怀旧，不管朝哪儿走，你看到的景象都能够唤醒记忆里的东西，那些破土墙、烂猪圈、沿着山边儿东一家西一家的人家，睡到半夜，忽然醒来听到一声狗吠，感觉这个世界还是你的，还是曾经的世界，这样的声音、景象，对于我来说是温暖的。它让人在充满怀旧的温馨回望中，感觉时光不曾走远，过去多年的生活在这个村庄又回来了。

认领·归还·植入

新华网：你在菜籽沟打造了艺术家村落，入驻这里的作家、艺术家又能给村庄带去些什么？

刘亮程：最初的想法是在这里过耕读生活，种菜、读书创作、养老。因为更多的艺术家来了，入驻村庄，“菜籽沟艺术家村落”也有了雏形。

我也仔细思考过，我们这些作家、艺术家能给村子带来些什么。我们都是曾经有家乡、后来又失去家乡的人，小时候生活的那个村庄已经面目全非，留在心中的乡村记忆无迹可寻，走到哪里都是新的东西。在大地上有家，但是处处迷失。我自己需要认领一个家乡，需要回过头去认领我曾经有过的生活，认领我的祖先曾经的文化精神。无论我的身体还是心灵，都需要回过头来朝着我的祖先生活过的地方，在这样一个古旧村庄、一个叫故乡的地方去认领。我们都读过很多西方的文学文化书籍，有时候对自己的祖先创造的文化智慧可能真的是疏远了。但是这些文化是我们需要的，我们要去认领。

除了认领，还要归还。多少年来我们从村庄拿走的太多。菜籽沟村原来的乡村精神文化体系非常完整，有山神庙、土地娘娘庙、龙王庙等，村里人需要这个东西，他们在冰雪初融的春天，首先要去龙王庙祭祀，让龙王护佑村庄不要被大水所淹，而且还要有充足的雨水，让麦田有所灌溉。家里要动土，首先给土地神烧香，以求保佑。这些习俗组成一个村庄的文化体系，大有用处。一般的小事，村民们去一趟庙里自己就解决了。现在我们把这些东西破坏以后，村民没庙可去了，他们就去乡上，找政府，政府和村民面对面、赤裸裸，出现了村民闹事、上访的情况。假如我们的文化体系完整的话，这种情况也许就不会发生，我们有那个文化精神保护层，村民到庙里烧香，念叨念叨，心理上得到了平衡，问题也就解决了。

我打算修建一个山神庙。我们要在这个村庄动土，除了到土地局办手续，也需要给山神念叨念叨。

当然，我们也给这个村庄带来了许多新东西。艺术家建工作室，村民经常过来看，看艺术家怎么在村里面盖房子。

我们也指导村民怎样把他们破败的家园建造得稍微好一点，把有价值的东西留下，保护下来。他们不知道自己庭院的价值，一旦有资金和项目下来，首先就是用推土机把原来的院子夷为平地，很快建成新房子。我们要让村民学会不要动一棵树，让那个土墙完完整整保留住，把一个庭院里破旧的东西保留下来，然后添加一些合适的东西进去，让人既能看到百年的生活记忆，又能感受到现代生活的变化。

一个老院子，其实都花费不了多少钱，就能修建得非常好，有价值。院子里的鸡圈、羊圈，他们随手建造的这些东西都是艺术品。每个乡村院子，都是一个人和万物共居的家。汉字的“家”——屋檐下面一头猪。家不仅仅是一个人的，它还是一头猪的，是一只猫、一条狗的，还是一只鸡、一只羊的，这才是中国人与万物和谐共居的家。

乡村其实一直在我们内心中。我们学自然的时候在学乡村，学古典文学的时候在学乡村。像这次获奖的贾平凹，在西安市住了大半辈子，早就是一个城市人了，但他的著作仍然在讲那些村里的故事。

尽管我们在城市中生活了多少年甚至几代人，跟乡村文化比起来，城市在我们心目中仍然单薄得像一张纸。

文学是人类所有精神文化情感的集合，一代一代积累起来的乡村厚土，才有可能诞生厚重的文学。

2015.8.29

夜已经深了

——嵩山十方参学木垒书院记

菜籽沟晚上冷，从天黑冷到天亮。

鸡六点叫，这时候是后半夜。头遍鸡叫完，再睡一觉。第二遍鸡叫是七点，叫完再睡一觉。第三遍鸡叫八点，天就大亮了。我一般九点钟起床，醒来在床上闲躺一阵，过渡一下。一晚上做了些梦，也要想想吧。

夜已经深了，虫子和鸡都睡了，人因为喝了点酒还在喧嚣。狗没睡，在屋外候着。人吃肉，狗啃骨头。狗应该也知道人这么喧闹肯定有事情。

书院不用餐巾纸。餐前洗手。吃饭时最好拿舌头清理嘴唇。这个小孩都会，最卫生。然后用左手背擦嘴，再用右手把左手擦干净。左手因为用得少，相对干净。右手要握手、拿东西，所以不洁。

我不喜欢喝了酒谈文学。不喝酒都谈不清楚的，喝了酒能谈清楚吗？我也不在喝酒后写作。以前喜欢酒后写字，早晨清醒一看，太夸张了。

一个人能吃多少食物，定量都在自己的手上。手掌大一块肉，肯定就够吃好了。一只手掌捧起的米饭，两只手掌捧起的炒菜，加一起便是你的午餐饭量。

我妈经常对我说，吃个半饱就行了。半饱是多少呢？吃了几十年饭，我们都不知道自己的饭量。吃饭的嘴，和说话的嘴，是同一张没数的嘴。

我年轻时有人问我，那么早就形成自己的写作风格，是怎么形成的？我说，是我家乡的风吹的。风把我的脑子吹成这样，说话和想事情，都不一样了。

现在我不会这么说，年轻时可以漫无边际的去说话。但是，慢慢你就知道自己是怎么回事了。你家乡的一场风，把多少人刮成偏头疼，他们怎么没成为作家。肯定是这场风之外，内心还有另一场风——你上的学，读的书，长的见识——那是古今人类智慧的风，刮到你这里，使你有别于他人。

要认传统。我年龄大，知道我在传统里，哪怕我是再有独特风格的作家，我都会说我是在传统里，我没超越人类文学艺术的大传统。传统是一脉气息，只是这文脉在你身上不曾中断，延续成另一样气派。

我老了以后，就在书院讲学。不是备一门课，让一百个学生去听，那是养猪。育人还是一对一好，你聊与不聊，说与不说，气息相投情怀相近，随便一言一行一举，什么课都不讲，学生有所领悟，懂得了，这就叫教育。一百个耳朵在听，你滔滔不绝讲，那叫饲养。

我喜欢坐在一个地方，有一两个学生，随便地讲几句，或不讲，脑子空荡荡地刮着风。

你讲一句，有一个学生领悟，你就成老师了。古人讲心照不宣。那是多么美妙的教育啊。

我若有弟子，便带他们听风，风声中有大地上所有的声音。风是天地间的大老师。听懂风声，便懂了世间所有的声音。

作家怎么可能靠灵感去写作呢！你在那等灵感，等一年半载不来，等到五十岁还不来，不啥都耽误了吗？

必须把灵感变成自己的常态，时刻都有。那个跟自然万物接通的心灵之窗，要时刻开着。世上万千路，我与世界却只有一条心灵通途。

这么说吧，我从小到大，村里牲口比人多，我跟牲口处的时间比跟人处的多，村民拿牲口骂人，但它们在我的话语系统中半个脏字都没有，一点不儒雅的东西都没有。我写驴都“黑而不脏”，“放荡却不下流”。

我对脏话的理解是这样的，当全社会都讲脏话的时候，文人要自洁，用干干净净的语言说话。当全社会的语言都干净时，文人要把脏话捡回来。脏话是最过瘾的话，谁不想脏呢。

魏晋那时候的士风，文人见面学驴叫，不说人话。说人话多不过瘾，之乎者也的。学驴叫多痛快，豪气冲天，一鸣惊人。

那时候马要打仗，牛要耕地，留给文人的只有毛驴，骑驴探花。

文人也喜欢毛驴，驴有犟脾气，拉着不走，打着后退。魏晋文人也都是犟驴脾气。他们追求那种精神状态。谁不想那样啊，可得有一个时代让你那样才行。

我年轻时学过木匠，编过筐子，织毛衣我也会。这个盛苹果的筐子就是我编的。每年秋天，树枝长老时，我就抽空编一个筐子。得大半天时间，先去找做筐把子的树枝，弯好放着。再削树条，长短粗细均匀，这样编出的筐才好看。我编的筐大都让人拿去收藏了，只留下这个。

年轻人有未来，老年人有往事，在时间的两个方向上，我们获得了生命的双重意义。我们匆匆忙忙往前走，但那些往事会回来。我相信人的灵魂长在后脑勺上，人往前走，魂朝后看。

文学艺术是人类的往事，是眼睛朝后的魂所看见的。

开始写作时，仿佛进入往事通道，回到更有价值的事情面前，在层叠的时间中打捞出那些文字。

2017.10

乡村是我们的老家

对一根木头的尊重

前不久，我在喀纳斯景区，一个山庄老板告诉我，说他那里有一根奇异的大木头，让我过去看一看。我对大木头一向好奇，就跟了去。一进山庄，果然立着一根非常高大的木头，头朝下栽在土里，根须朝天张牙舞爪，我看了非常生气，对老板说："你怎么可以把这么大的一棵树头朝下栽着呢？"老板说："是棵死树。"我说："死树也是树。它有生长规律，它的生长是头朝上，像我们人一样，你不能因一棵树死了，就把它头朝下栽到地上。假如你死了，别人把你头朝下埋到土里，你肯定也不愿意，你的家人也不愿意。"

这个老板显然不懂得该怎样对待一根木头。谁又懂得这些呢？我们现在做什么事都普遍缺少讲究，我们只知道用木头，用它做建筑，做家具，但不知道该怎样尊重地用一根木头，我们不讲究这些了。但我们的前辈讲究这些，我们古老文化的特征就是对什么都有讲究。有讲究才有文化。没讲究的人没文化。看看老家的老宅子，从一砖一瓦，到怎样用木料，都有讲究。我们的祖先把传统文化系统建筑到房子里，人住在里面。

记得几年前我装修一个酒吧时，买了一根长松木杆，要安在楼梯当扶手，木工师傅把木头刮磨好，问我："这根木头该怎么放？"

我说："你说该怎么放？"

他看看我说："应该是小头朝上，大头朝下。我们老家都是这样做的。"

木工师傅的话让我对他刮目相看，他显然没有上过多少学，但是他知道最起码的一点，木头要小头朝上，大头朝下。原因很简单，因为树活的时候就是这样长的，即使它成了木头，做成一个楼梯的扶手，也要顺着它原来的长势，不能头朝下放。这是谁告诉他的呢？就是我们乡村文化给他的。在乡村，老人都是老师，好多事情他们懂，知道讲究。老人按讲究做的时候，年轻人就学会了，文化就这样一代代往下传。

我小时候看大人盖房子，大人干活时我们孩子都喜欢围着看，尤其是干技术活，因为这些活我们一长大就得干。干的时候再学来不及，只有小时候有意无意去学。大人们盖的是那种朝前出水的平房，屋顶有一点斜度，前低后高。房顶的椽子一律大头朝前。檩子横担着，没有高低，但也有讲究，要大头朝东。房子盖好了，一家人睡在一个大土炕上，睡觉也有讲究，大人睡东边，睡在房梁的大头所在的地方。小孩睡西边，大梁小头所在的地方。我从小就知道了盖房子木头该怎样放。以前到了村里人家，习惯仰头看人家房顶的椽子檩子，有的人家也不讲究，看到不讲究地摆放木头，我就觉得不舒服。

中国人讲究顺，这个顺就是道。道是顺应天地的，包含了天地万物的顺。我们干什么事不能只考虑人自己顺，要身边万物都顺了，生存其间的人才会顺。木头的顺是什么？就是根朝下，梢朝上，树活着是这样长的，死了的木头也是树，也应该顺着它。我想，即使一个没讲究的人，看见一棵大树头朝下栽在地上，心里也会有不舒服的感觉。因为它不顺。我们住在一个木头摆放不顺的房子里，生活能顺吗？

有讲究的房子

好多年前，我陪母亲回甘肃金塔老家，母亲1961年逃饥荒来新疆，四十多年了，第一次回去。老家的居住环境和我们在新疆的差不多，村子也在沙漠边上，靠种地为生，刮起风来黄沙满天。耕地比新疆少，收入应该也少。但是老家村里的房子跟新疆的不同，每家都住四合院，正门进去是一块照壁，照壁对着是正堂，堂屋里面摆着祖先的神灵，那是一间空房子，平常的时候什么都不放，只放着祖先的灵位。家里做了好吃的，先端一盘过去敬献祖先，祖先品尝过了，再端回来自己吃。

新疆农村汉民的房子，四合院没有了，一排平房，后高前低，一出水的半个房子，不管家里房子多少，全是人住的，没有一间是给祖先住的。我走过许多乡村的许多人家，没看到哪一家会留出一间房子给自己的祖先。不管有多少间房子的人家，都没有一间给祖先，所有的房子都是住人的，盛放物品的，没有一间房子空出来留给祖先和精神。祖先被我们丢掉了。

现在新农村的房子更不讲究了。新农村之家的设计者在设计房子的时候，只考虑到大卧室小卧室、客厅厨房，只关心电视机放哪，冰箱洗衣机放哪，他们考虑到把祖先放哪了吗？没有。当这一切放置好了，一个家就算安置妥当了，哪都是东西，祖先的位置没有了。

而在老家农村的家庭，大都有两个居所，一是人居住的房子，一是供奉祖先的高堂。家家都知道给祖先留一个房子，家和家产都是祖先留下的，走了的祖先被安置在正堂里，逢年过节，有灾有难，会过来求祖先保佑，祖先让人们心安。如今我们有三间或十间房子，都不会想到有一间给祖先和精神，那是一个纯粹的物质之家。

万物共居的家

甲骨文的“家”，是屋顶下面一头猪。这个最古老的象形汉字在告诉我们，“家”是天下万物和谐共存的家，我们的家园不仅有人，还有其他的动物，我们不仅跟人相处，还要跟人身边其他生命和睦相处。

现在的乡村，人们仍然过着甲骨文中“家”的生活。家里有菜园，院子里有家禽、家畜。房前屋后有果树。

这是我理想中的家，有一个大院子，家里有父亲、母亲、爷爷、奶奶，三代同堂，最好还有太爷、太奶，四代、五代同堂，就更圆满幸福了。人住的房子边是牛圈和羊圈。房前屋后有几棵树，树有小树大树，小树是父亲栽的，长得不高也不粗，大树是爷爷太爷甚至不知道名字的祖先栽的，这棵树应该有几百年的岁数。我们在这样的树下乘凉，自然会想起栽这棵树的祖先，也曾经一样坐在树荫下听着树叶的哗哗声，在夏天午后的凉爽里，他也听着树上的鸟叫，也曾年复一年看到春天树叶发芽，秋天树叶黄落。我们坐在这样的一棵老树下，自然会把自己跟久远的祖先联系在一起。当我们看到祖先留下的这些时，其实就看到了祖先，感觉到祖先的气息。在一棵老树的年轮里，有年复一年的祖先的目光。就在这样的轮回中，时间到了我们身上，我们长大了，祖先不在了，但是祖先栽的树还在，祖先留给我们的阴凉还在，这就是家里一棵老树的意义。

在一些乡村，还能看到这样的院子，院子里的人家，三世或者四世同堂，院子里有鸡鸣狗吠，菜园里每年长出新鲜的蔬菜，这是一个多么美好的家园啊！而这个让我们温馨自在地生活了千百年的家，也正在广大农村逐渐消失。

上个月我去南山采风，看到那里规划的一片新农村，红色的屋顶，彩色的墙面，每家每户都整整齐齐，院子全是水泥地，房子里全是现代的家具，给人面貌一新的感觉。但是看完以后我还是觉得少了一点什么东西。少了什么呢？牛羊不见了，狗不见了，鸡不见了。问当地的负责人："这个农家院子里怎么没有家禽和家畜？"负责人说："那些动物都被放到外面集中饲养了，我们新农村建设的一个标准就是要让人畜分居。"

在接下来的座谈中，我对当地的新农村建设发表了自己不同的看法。我说，新农村不应该只是人的新家园，我们和家畜和谐相处几千年的生活，不能在新农村这里中断了。应该赶快把赶出去的牛羊请回来，把鸡和狗请回来。

其实，我也知道，这个军营一样整齐排列的新农村，已经不适合这些牲畜生活了。每家的房子都一模一样，人靠门牌号可以找到家，一头羊和一只鸡，是肯定找不回家的。

中华文明的"家"，是从屋顶下面一头猪开端。如今变成屋檐下面只有人的穴，一个万物共居的家里，只剩下孤单的人。

弯曲的乡土路

乡村土路大都是弯曲的，不像现在的高速公路这样笔直。然而就在弯曲的乡村土路中，蕴含着别样的乡村文化和哲学。

为什么这样说呢?

因为路是人走出来的,什么样的人就会走出什么样的路,人怀着什么样的心态,就会在土地上踩出什么样的脚印。

乡村土路就是村人在大地上行走的一种方式,那些弯弯曲曲的乡土路,总是在绕过一些东西,又绕过一些东西。不像现代高速公路,横冲直撞,无所顾忌。乡土路的弯曲本身蕴含着人走路的一种谨慎和敬畏。它在绕过一棵树、一片菜地、一堵土墙、一堆坟、一湾水坑的时候,路被延长。它不强行通过,不去践踏,尽量地绕,绕来绕去,最后把自己的路绕得弯弯曲曲。但是在它的弯曲中,保留下土地上许多珍贵的东西。

好多年前,我去伊犁昭苏,看到一棵大榆树立在路中间,感到非常惊奇。当地人说:"路修到这里的时候,要通过这棵大榆树,当地政府和包工头要把这棵榆树砍了,因为一棵树立在路中间不好看。为什么没砍呢?这棵树是当地的神树,附近村民多半有信仰萨满的传统,有病有灾了,会在树上系一个布条,在树下许个愿,灾病就过去了。听说这棵树灵得很,前来祭拜的人终年不断。当地人不愿意他们的神树被砍,大家联合起来保护这棵大树。

最后这棵树留了下来。并不是村民们保护了它,政府要想干一件什么事,村民哪能阻挡得了?而是修这段路的包工头突然出车祸死了。老板是主张砍树最卖力的人,推土机都开到了跟前,要把树推倒。树没倒,老板先死了。这件事把人们震住了,不管是当地政府,还是施工队都对这棵树一下子敬畏起来。这确实是一棵神树，确实不能砍，包工头想砍这棵树，结果被车碰死了。大家都害怕了，这棵树就这样留了下来，它就立在去昭苏公路的中间，高大无比，几人才能合抱住。好多车辆经过这里，会自然而然停下来，在树边拍照，树上挂满了当地人系的各种颜色的布条。我们也在树下拍照。尽管在修公路的时候，大树根部被埋掉了两米，但是剩下的部分仍然是高耸云端。

后来这棵树怎么样了呢？

又过了好几年，我再去昭苏的时候，那棵树不在了，从路上消失了。什么原因呢？说是有天晚上一个司机可能开车打盹了，没看到前面的树，一下子碰到树上，树把人撞死了，树犯法了，所以树被砍掉了。你看人多么不讲道理啊，树又不动，怎么会把人碰死呢？明明是人碰到树上死了，却说树把人碰死了。中国人都知道杀人偿命，树撞死人了，所以必须把它砍掉。我过去的时候，那棵树被砍掉的时间不长，主干已经被拉走，那些系满布条，寄托着多少人美好祝愿的枝条泡在污水里。当地人曾经视为神树的一棵大树就这样被砍掉，变成了木头。

难道人在修这条路的时候，就不知道稍微让一下，绕过这棵树吗？不能。这是现代高速公路的原则，它追求最短的距离，追求运输成本的最低化，当它绕过一棵树的时候，路程增加了，修路成本增加了，运输费用增加了。所以不能绕。

但是我们的乡村土路会绕，懂得绕。乡村文化中有“绕”的理念，现在人没有这个了。我们看到新修的高速公路，几乎都是笔直的，见山劈山，遇沟架桥，没有什么可以阻挡。一棵树能挡住高速公路吗？不能。在高速公路经过之地，多少房屋被拆掉，多少农田被侵占，多少树木被砍伐。没有什么东西能把高速公路挡住，也没有什么东西能够阻挡住现代人走直路，追求最短距离、最低成本的心态。

但是，弯曲的乡土路告诉我们，世间曾经还有这样一种走法，还有这样一种弯来绕去，不惜耗费时光，总是绕过一件事物，又绕过一件事物，把自己的路程无限地拉远，尽量不打扰践踏大地上的东西。这样一种绕行的方式，是乡村文化中非常珍贵而现代人所没有的。

相比而言，高速公路倒彰显出现代人在大地上行走的粗暴和野蛮，弯曲的乡土路，则代表了一种行走的文明。

2012.9.9

乌鲁木齐市民大讲堂

心灵的语言可以相互听懂

——答动物保护者问

读　者：读完《狗这一辈子》感觉很真实、很悲凉，现实生活里人对动物就是这样残酷无情，您认为动物活在这个世界上还有任何希望吗？它们能指望人类变好吗？

刘亮程：除了人类它们还能指望谁？狼吃羊，人也吃羊，吃的比狼还多。但羊怕狼，不怕人。为啥？因为人熟吃，狼生吃。人吃羊时羊已是案上肉，不再有疼痛有恐惧。羊愿意让人吃。人养殖羊时也和羊有了互吃的契约：人以草喂羊，羊以肉喂人。只要人还吃羊，羊就有希望活下去。这是一个残酷的道理。

早年新疆马曾被列为国家三类保护动物，禁止宰杀，很快，马的数量直线下降。不让人吃马，还有谁会养马呢？后来不禁止杀马了，马的数量迅速增加。人爱吃马肉，马才会越来越多。马应该也知道人喜欢它的肉就会好好养它。

读　者：人之外的生物有思想吗？如果它们会说话，最可能对人类说什么？动物的哪些品质是最值得人去学习的？

刘亮程：万物有灵，万物说话，人独不听，或者听不懂不愿听。心灵的语言可以相互听懂。人用心时能听懂鸟鸣风声，风亦能听懂人。

人是地球生命中走在最前面的动物，身后所有动物身上的品质，或许都是人曾经丢失的。

读　者：您怎么看动物保护者？

刘亮程：我接触过一些人，都不是一个彻底的动物保护主义者，只是挑三拣四地保护。左手保护小狗，右手消灭老鼠。把叮在嘴边的蚊子一掌拍死，接着大谈动物保护。蚊子不是动物吗？对万物没有公平心，只满足自己的喜好，保护这个伤害那个。佛家不杀生是出自内心的慈悲。

所有动物都在努力与人联系，求得保护。有些动物跟人联系成功，搞好了关系，比如宠物狗，它们得到保护。有些跟人没搞好关系，比如蟑螂老鼠，正被人消灭。动物保护永远面临保护谁不保护谁的问题。

读　者：您对活熊取胆企业归真堂想上市遭到大家反对一事有关注吗？您对此事以及整个活熊取胆业怎么看？

刘亮程：活熊取胆汁一定痛苦，活牛挤奶就一定舒服吗？我们天天喝牛奶，想过那个挤奶器套在母牛乳头上往外抽奶是什么滋味吗？可有志愿者拿自己去感受一下？动物保护应关照所有动物的感受。

读　者：刘老师，您认为现在中国的文学界、现在大多数的作家对动物的态度是怎样的？正确吗？有没有以动物为主角的好作品？好像没有看到。

刘亮程：我的《一个人的村庄》就是一部以动物为主要人物的散文。我写了许多的草木、动物、风、雪、白天黑夜，写了很少的人。我小时候的生活环境就是这样的，村里的牲口比人多，草木更多，人静悄悄生活在草木牲畜中。我写了一个万物平等的村庄世界。

我不是在推销书。动物不会知道人出版了有关动物的书。也就是说，那些写动物的文字，好坏都跟动物没关系。人写啥都是写自己。人心中养有一群动物，跟自然界没关系。文学写心中的动物，它们不需要动物保护者。需要保护的是还活在地上的那些动物。

读　者：能给我们讲讲您的动物观和世界观吗？人和动物之间究竟应该是一种什么样的关系？

刘亮程：有些动物选择了远离人，有些动物选择了走近人。走近我们的动物变成家畜，成为人的粮食，被人养殖、宰杀，变成人类永久的食物和宠物。远离人的动物终究没有逃出人类手掌，跑再远都被人捉来吃了。

真正有能力活下来的就是这些赶不走、灭不尽、不能吃、有病菌的苍蝇、蚊子、蟑螂了。它们将长久地与人一起活下去。

读　者：您如何看待动物灭绝？

刘亮程：任何一个生命的死亡或许都是世界末日。

我写过一只小虫子的临终时光，当那只小虫眼睛里的世界永远黑暗，我们是否感觉到，光明从它永远闭住的眼睛里，转移到我们脸上。我们在它余出的时光里活着，在它不再鸣叫的白天和黑夜中欢笑，我们呼吸它留下的空气，过它不再过的日子。那个死亡的小生命，把一个生存空隙留给我们。

但是，在它永远闭住的眼睛里，它曾看见的世界也永远地覆灭了。人身边每灭绝一种生物，人的世界便泯灭一次。

读　者：您的爱好有哪些？

刘亮程：喜欢走路、晒太阳、冥想。都不用花钱。爱好手工活，又不太喜欢动手。写作是一个不爱动手的人的理想工作，所有想法在文字里实现。当然，如果仅冥想而不写成文字，最好。像一朵山谷野花，在夜里嫣然开放，又悄然凋谢。不去管一山谷都是它的芳香。当然，花谢后会结果，结果是一件麻烦事。花朵是一个梦，从芬芳虚空坠落成一颗坚硬果实。

读　者：谈谈您现在的写作。

刘亮程：写《一个人的村庄》时，我可以对花说话，跟草言语，刮过耳旁的风都明白意思。那时候我眼里有神，看啥都神。现在有点神情恍惚。心里还是有神。万物有神应该是一个作家的基本信仰。

2012.2.27

植根于大地的写作

——韩少功、刘亮程、阎晶明三人谈

对话： 朝少功　刘亮程

主持： 阎晶明

阎晶明： 一个人的生活方式和他的创作如何能够真正结合起来，别人也能从中得到启示，这是今天座谈的主要议题和目的。如今写农村题材的作家仍然不少，他们或是根据自己的童年记忆、电视报纸的听闻，或是亲身走上三五天的采风等各类方式得出一些结论，写下一些作品。可我觉得这远远不够。你们二位，韩少功先生长期生活居住在乡间，刘亮程就是从乡土中走出来的作家，你们在这方面是非常具有代表性的。

刘亮程： 我十分欣赏少功老师的这种生活。他很早就创建了自己的写作模式，正当事业的高峰期，悄然隐退，回乡务农，把自己还给生活了。我觉得这种方式很好。很多作家最终都没法把自己还给生活，他们被固定到某一种岗位上，选择自己不想过但又迫不得已去过的一种生活。归乡十三年了，少功选择的这种生活方式是放下的方式。当我听说他的这个决定时心里很羡慕，我都很难做到这一点。尽管我一直没有真正地去工作过，我是一个闲人，但总是游离于乡村和城市之间。但少功是完全放下了，谈谈你的这种放下的生活吧。

韩少功：到新疆应该谈谈亮程吧。最开始是读到他的作品但未见其人，当时他的文章很令我震撼，不光是我，包括我周围的一帮朋友，凡是我推荐读的那些人也十分震撼。他的作品确实是从生活中喷涌出来的，不是凭技巧、学识、聪明，而是他从生活本身体验的深度，思考的深度。那种一嗅便出来的作品，根本不必过多去琢磨，就完全可以感受到一种扑面而来的强有力的力量。当时真觉得亮程是一个奇人呀。

那是二十世纪九十年代，中国文学缺血的情况已很严重。像我们这一批，或是比我们更上一代的那一批，都写得枯竭无聊。八十年代是大家所说的写作状态比较饱满的时期，那时“文革”结束，大家劲头大，而且也是积压多年，于是写出来的作品都很棒。可是到九十年代就有点力不从心了，包括我。生在我们那一代的同辈人，大体就是知青这一拨，那时也都有些枯竭。于是大家凭技巧，凭观念，或是凭聪明等这些态度来写。而亮程给我们树立了一个标杆，他的作品是结结实实的，有血有肉的东西。

这一次应邀来和亮程见面，相处虽仅短短几天，但我感觉亮程的变化很大。原来他给我的那些印象，就如《一个人的村庄》里呈现的，多是个人视角。现在他有了大局观，关怀的半径已经大大扩展了，向现实、向历史的纵深延展，一种大的视野、大的体验在形成。比如你对和布克赛尔县文化建设的关注和介入，并在此基础上做出那么多的历史性研究和梳理。从起初的发掘素材，到把它们与和布县的现实性建设工作接轨、融合。这是许多文人不屑去做，也无法做到的事。包括在喀纳斯，出乎我们意料的是，原来那么多歌曲是亮程他们帮助整理、创作出来的。

文学最怕的情况是上不着天，下不着地。所谓上不着天，就是缺乏一种大修养。对人类文明的重要遗产和成果知之甚少，无法接轨的作家是不可能成大器的，所以上要着天。下要着地是说你要深深地扎根在生活的土壤里面。在和布克赛尔，在喀纳斯，我观察到亮程不再像是他向我们描述的那个自己：一个懒人，一个闲人。其实游手好闲的作家很多，老少皆而有之。成天泡在咖啡馆，见面时搓搓麻将，等等，这种闲人作家的状态便是典型的上不着天，下不着地。你说什么他也不知道，很多关于历史的现实的事，他一概不知，但他反而很自负。他们在“下不着地”这一点上尤其退化，与现实完全隔绝，是社会的陌生人。反观亮程，在原来的震惊和佩服过后，我有了更多的期待。我觉得自己有了更多依据：这是一个优秀的作家，正在成长，正在发育壮大，他怀有更好的前景。这是我的心里话。十多年来我接触的作家很少，将来也只怕会越来越少，原因就是我发现他们没有多少知识。无论是书本上的，还是现实中的知识，他们都极度缺乏。他们开口就错，有时候他们的判断力甚至低于普通干部和群众。在这样的情况下你有什么资格写书给人家看，人家又有什么义务非得竖起耳朵来听你发言？这是一个值得思考的问题。

阎晶明：您归乡十三年，当时您做出这个决定的初衷是什么？

韩少功：当时有一种危机感，发觉自己的写作开始有些勉强，不再是那种喷涌而出的状态。用我原来的比喻说，真正的写作就像谈恋爱。它自然而然地来，毫不费力，滔滔不绝。而职业化的写作，勉强去写就像三陪。虚情假意，挤眉弄眼，非得要写成什么，写出什么，去赚它一笔。在九十年代末期，我所面临的这个问题已很严重，我找不到更好的办法。但我和亮程所选择的方式是有区别的。我的选择是农耕式的，待在一个地方，守住自己的一亩三分地，埋头苦刨。而他是属于游牧式的，格局较宽。从历史上看，千百年一下便过去了。从整个地域视野和空间视野来说也十分宽旷。从蒙古族到汉族，从丝绸之路到阿勒泰地区，他的视野放得很开。同时他也一直在不停地发散，拓展新的牧区。

南方的天很小，山很多，它不是那种大天大地。南方的乡村就好比在山洞中，人口稀少，里面定居着的是几十代不变的那群人，但他们身上也有很多积淀下的东西。而且他们也是生活在如今这个社会现实之下的最底层。和他们相处，比我在文人圈、知识圈里面得到的信息多得多。在乡下的好处除恢复了和自然的融洽关系之外，还和文人圈之外的人产生关系。这种关系对我们的思维和心灵都是很好的滋养。

阎晶明：当时的您是想试图改变自己的生活方式，还是从创作的角度考虑才做出这个选择？

韩少功：兼而有之。那时我还没有离职，只有反复地和领导谈判，争取到一个每年得到半年自由长假的机会。正式回乡是从2000年开始，我夫人非常支持我。她喜欢乡下的生活，养养鸡，种种菜，和农民串串门聊聊家常等，她特别开心。

阎晶明：您在乡下居住的地方是哪？是您的家乡吗？

韩少功：汨罗县，那是我当知青的地方。我曾在那里当了六年知青，管理文化工作四年，总共有十年的时间。我在那里最有利的条件是我懂当地方言，可以和你开玩笑，有时候我甚至还可以骂他们，调侃他们，就好像他们中间的一分子。这种状态的保持不能说给了我多少帮助，但它至少恢复了我对生活的感觉。从浅显层面来说，我增进了不少知识，加深了对其他阶层人的了解。找到一种生活的感觉是说在对比中对他们的思维、意识、审美趣味会有新的惊讶。在城市同质化的圈子里这种惊讶感很少。虽然大家在一起会斗斗嘴、开开心，但你不会惊讶。

阎晶明：当地人都能接受您吗？

韩少功：第一个，他们刚开始以为我是神经病，因为他们都在往城市跑；第二个，他们以为我肯定是犯错误了，不然怎么会到这儿来。但是时间长了以后相处也很开心。他们愿意来我家串门，说说自己的难事让我帮忙参谋，等等。这种生活方式是根据我的身体条件和特点选择的。如果我再年轻二十来岁，我也可能像亮程这样干更多的事情。对社会事务广泛地介入性体验。八十年代时，我三十多岁，帮助朋友办过商业，也做过策划、出版一类的工作。但现在我体力不够了，只好选择一种适合自己的家居式的生活。它既帮助我摆脱了原来的完全封闭的同质化圈子，也无须耗费太多体力。

阎晶明：那么，您今后依然会继续这种生活吗？

韩少功：如果身体允许的话，我会的。其实我们也不总是待在乡下，每年有半年我们也会回到城市。劳动对我来说是享受，而非负担。劳动的过程是主动的、愉快的。当然也有辛苦的时候。乡下虫子多呀，下雨天要排涝，晴天要抗旱等。我们想种些蔬菜，又不愿打农药，只有戴着老花镜去捉虫子呀。到下雨天就不能出去了，于是有时间可以用来读书写作。在乡下你才能理解古代文人所说的“晴耕雨读”的境界。

阎晶明：乡下能上网吗？

韩少功：能。这就是现代农村的进步之处，它和城市的信息沟通完全抹平，宽带速度和城市一样。比如写作时，研究所需要的工具书也能立马上网找。你和各地的联系、资料的获取毫无障碍。

其实，也有不少作家在乡下生活过。新时期以来，有个别画家会选择去郊区或者山里。可能文学和美术的生产方式是较个体化的，而戏剧、舞蹈，特别是新闻就不行了。其他的方式，比如采风、挂职呀，当然也有用，但也有弊端。采风太皮毛化了。挂职也有问题，以前我在湖南挂过职，在海南也有过。但挂职你根本听不到真话，别人把你当领导，只是简单汇报，大凡都是一通数据。当然，我不是反对采风、挂职，这也是可以的，聊胜于无，但实际上它对生活真正的介入的密度肯定比亮程要浅得多。像亮程这种，既不是政府机构，也不是群众团体，不与商业利益挂钩，它的体制有弹性，对社会各阶层也十分亲近。正如我们观察所见，他们与群众都走得很近。

阎晶明：文学和生活确实是不可分割的。很多作家处于生活的夹层当中，他们对社会大众的心态、矛盾不了解，包括对自然、历史——就像您说的那样——都处于不清晰的状态，大量的信息把作家的思维切碎了。在新疆，像刘亮程这样的作家的成长过程既特殊又有代表性。他的特殊在于现在的六零后作家大多是科班出身，大学中文系毕业便成为专业作家。而他纯粹是草根作家。而且我发现，在新疆有很多像刘亮程这样的作家，虽没有取得像他这样的成就，但成长路径大抵相同。是不是请刘亮程说说自己的想法？

刘亮程：有记者问我在新疆写作和在其他地方写作有什么不同。我没在其他地方生活过，但我想无论在哪，生活提供给一个作家的资源都足够他去写了，不见得非要住在新疆这么遥远的地方。但新疆确实给人提供了不一样的环境。它的干燥、辽阔、偏远、地广人稀，以及多民族的文化生活背景，又都显得它与别处不同。新疆是一个末梢地区，它离汉文化中心远，离其他文化更远，任何一种思想文化到达这个地方都变弱了。相反自然的势力更大。在这片土地上你更能感受到天地带给你的东西，草木风雨带给你的东西，这些反而能被一个人更真切地感受到。

新疆的特殊环境更容易野生出一些作家。十多年前李娟出现时我曾用了一个词“野生”。当时的李娟十六七岁，小女孩刚从山里出来，也不敢正眼看人，拿着写在方格作业本上的稿子来《西部》编辑部投稿。我正好编散文，一看就说散文写得很好呀，同事看了也说好，又怀疑这么小的女孩怎么写出如此成熟的东西，是不是抄的。我说绝对不是抄的，她找谁抄去，中国文学中没有这种东西供她去抄。这种东西只能是野生出来的。你看看李娟的生活，她随着母亲跟随阿尔泰山区的哈萨克族四季转场，哈萨克人转到哪，她们就在哪驻足，帐篷支在那里卖一些哈萨克人日常生活所用的百货。就是在那样的生活中，李娟度过了她的整个青春期。走过一个又一个山沟，踩着牛羊脚印，找到一个又一个哈萨克人的毡房，把东西卖给他们。她在寂寞的成长中单独地感受了一种生活，单独地想了一些事情，然后用文字单独地呈现出来。

看新疆作家的作品都有一种单独的感觉，仿佛作家被单独地放在地老天荒中，去独立面对整个自然与人世，有“孤悬”的意味。《一个人的村庄》也是在这种情况下写成的。我写了一个在天地间无所事事的闲人。之所以塑造这样一个人物，是因为我的童年太忙了。我从很小就开始干活，还不具备劳动能力的时候就开始打柴、割草、喂猪，家里编织的活儿都是我干。编筐、织毛衣，还做皮匠木匠活。从我的童年到青年，我们搬过四五次家。盖房子，一座房子一盖就是一个夏天，整个过程我都在劳动。忙忙碌碌，没有闲下来过。一个忙坏了的人，选择写了一个闲人，一个不干活的人，一个整天背着手在村前村后闲逛的人。《一个人的村庄》写的就是一个闲人。他从劳忙的大地上抬起头来，从千年的面朝黄土背朝天的农业生活中直起腰来，看天上的事，看草木的事，关心一阵风的事。

《一个人的村庄》写了一个彻底的闲人，他和村子里的春种秋收没有关系。无论是文学中还是现实中的农民，永远都是忙忙碌碌的，从未闲过。我想一村子的忙人总该养得起一个闲人吧，我就要当这个闲人，不然人类的忙忙碌碌有何用。这本书写了一个闲到底的人，也算圆了我的闲人梦。

《一个人的村庄》是在乌鲁木齐写的，那时我在报社打工当编辑，这本书写了近十年，后来变成一个专业作家，算是真的闲下来了。几年闲着闲着，老觉得自己跟生活没有关系了。别人在忙碌，别人在改革开放，别人在包产到户，别人在新农村建设，我闲下来了没事干，就想找点事情。于是我开了一个酒吧，名字就叫“一个人的村庄”。整个装修是我负责的，把乌鲁木齐周边的好木头都找来了，算是过了把木匠瘾。结果经营一年就倒闭了。别人说是名字没起好，“一个人的村庄”怎么能赚钱。再后来就开始做一些文化项目，也是不断地在下面走和看。看到一些地方的文化建设一塌糊涂，都是包工头和官员在合伙做地方文化，做的是一种商人文化和官员文化。从新疆各地的雕塑你就可以看出来，几乎全是抄来的。商人文化追求最小投资，原创是要投入的，抄袭多省钱。但一个文人不能总发牢骚呀，不能说别人干得不好自己不动手。我们从几年前开始着手研究地方文化，介入地方文化建设，小有成就。我们做了“和文化论坛”，希望为新疆文化治疆提供一个新思路。创始和推行的“牧游”产业，今年在和布克赛尔修建江格尔史诗广场，用建筑形式呈现史诗精神。

新疆很干燥。对一个作家，气候有时候起作用。不知你发现没有，新疆作家身上都有一种干燥的气质。大家到新疆来，都喜欢带点干货回去。葡萄干、杏干、巴旦木。新疆文学也是干货。从周涛的散文、董立勃的小说，到新疆诗人的诗歌，你都可以从中感受到一种干爽。新疆的民间语言方式也是干燥的。赫拉克利特有句名言：“人的灵魂是干燥的，干燥的灵魂是好的。”我的思维和语言肯定受新疆环境的影响。不知不觉中你会说出这样的话。这些都容易形成一个作家的语言方式和看事物的视角。

记得我写《凿空》，在库车待了好长时间。一年去好几次。我和维吾尔族人在一块聊天，彻夜喝酒。前半夜我不懂维语，后半夜我说的全是维语。第二天早晨又全忘了。那样的生活要一直延续下去，我完全可以听懂他们说话。但听懂仅仅是一个方面，仅仅懂得一个民族的语言是不够的。更多的生活是可以看懂的，或者靠鼻子也可以嗅懂，甚至我是一个瞎子的话靠听觉触觉我也能懂。生活不只有语言交流一条路径。我记得刚开始在库车游走时，我随行带着一个翻译。后来我一个人在那里走。我觉得不需要翻译了。碰到一个老大爷，我走到他身边递支烟，他对我笑笑。不用说什么话，就像坐在自己老父亲身边，他的今生今世全在我的脑海中。他布满皱纹的脸，那样的苦笑，那样看你或者你看他的眼神，有什么不懂啊。

韩少功： 就像谈恋爱。一个眼神就行，表白是次要的方式。

刘亮程： 对。有一次我坐在他们的麻扎旁边的木头上，跟一群乞丐坐在一起。每个周末都有人去麻扎扫坟，乞丐们就守在那里等待施舍，每人面前摊着一条干干净净的小手帕，放着五毛钱。我当时穿着布衣，坐在乞丐中间。我记得一个看着很富贵的妇人，挨个给乞丐施舍，她看了我一眼，可能看出来我不对劲，但她还是给了我五毛钱。在那样的生活中走走看看，你会觉得你已经在其中生活了多少年多少代了。没有一点是你不懂的，它和你全无隔膜。另一个民族的生活，它和你父辈的生活、兄弟姐妹的生活和村里人的生活有什么区别？我写的只是人间某个角落的生活，没有民族之分。我曾说过一句大话，即使我离开人间一百年再回来，我依然能懂得大地上的事情。我能看懂春种秋收、悲欢离合、喜怒哀乐、人的痛苦和快乐，看懂我们生活中的每一个细节。我听得懂风声、鸟叫。知道风从哪刮起，在哪停住。我知道村子里一年刮几场西风，东风下雨还是西风下雨。老人都知道，但很多作家不知道。我发现好多人一打开电视只看国际新闻，不看国内新闻，不看他身边的新闻。看那些远在天边和自己一点关系也没有的事，家乡那么多事他不了解。懂得家乡的知识，懂得家乡的学问是最重要的。

好多作家恰好忽略了这一点，他们把家乡架空了，去体验别处的生活，别处的情感。按照别处的思维遥远地想象人们的生活。

我觉得新疆的各民族经典对我的滋养很重要。二十多岁时我也不屑于看新疆的东西，光知道我国的两大史诗《江格尔》和《玛纳斯》在新疆，但不去看。那个年代我们都忙着读翻译文学，来不及看脚下的事。三十岁以后我开始慢慢读新疆的东西。

去年我给喀什师范大学的维吾尔族教师讲课，我说我来到了《突厥语大辞典》的作者麻赫穆德·喀什噶里的故乡，走在他曾经走过的土路上，呼吸他曾经呼吸过的空气，眼见他所描述过的这些生活，就像碰到了一个老熟人一样。我跟这个地方的气息是相通的。当我读懂这部书时我已经跟这个城市有了联系，我若是读不懂它，哪怕是在这里生活百年依然和它毫无瓜葛。在新疆生活这么多年，我觉得我的气息和它是连接的相通的，我看到这个地方的现实，通过历史的学习，把我的情感和祖先衔接在一块。我是一个作家，在我眼中没有民族之分，我关注的是人。一位维吾尔族作家评价我的《一个人的村庄》是一个"人"的村庄，不是哪个民族的。在新疆这个多民族地区，一个作家尤其需要放下民族。在我看来，这块大地上的所有先人都是我的祖先。我要做的事是要和这些先人取得联系。新疆是古游牧之地，多少部族你来我往像风一样过去，但他们把历史留下了，把文化留下了。我们应该接受它。承认这块大地上过往的所有祖先和民族的文化。

在新疆来回游走、写作、做文化，一晃就已是这么多年。像少功老师所说，这也是一个从内心世界走向新疆现实的过程。一个人的村庄是个人的梦想之乡，但随着在新疆的游走和观察，不知不觉中与一个地方的现实相遇。以前我觉得我可以游离在生活之外，做一个旁观者、一个审视者。可当我开始写《凿空》时，现实扑面而来，你躲不过去，你必须面对它的现实去说话。

阎晶明：在《一个人的村庄》里，你从一个闲人的角度去描述你的体验、你的生活。在文学上创造了一种风格，读者在新奇的同时也深感震撼。但现在你说要把心放在更大视野之上，放眼全疆，这种思想认识无疑是更广阔了。可是在你的创作上是否会产生转型？

刘亮程：从文学上来说，《一个人的村庄》孤独于世界之中。讲到《虚土》，我个人认为这是一部很好的作品。写它时我四十多岁，正值人生的迷茫期，不知道四十岁之后是怎样。我写的是个人的惶恐感和个人的虚无感、孤悬感。写了一个五岁的孩子，在一个早晨突然睁开眼睛，看见一个村庄全部的生活，看见那些十五岁的人在过着他的少年，二十五岁的人在过着他的青年，四十岁的人在过着他的中年，六十岁的人在过着他的老年，甚至出生和死亡都被别人过掉了。那部小说没有过多的故事，全是微细节。

原本我是想借《虚土》写出我们家的移民历史，在荒天野地里建造一个新的村庄。可后来我对这么写没兴趣，所以就从一个早晨开始，从一个五岁的孩子写起。移民背景也隐隐约约地穿插在故事里。《虚土》写了一个人的百年花开，他的一生在一个早晨完全盛开。这样写着，我发现早年诗歌的感觉又回来了。把从前没过完的诗瘾又续上了。《虚土》是我个人的一部长诗。

阎晶明：你提出的“牧游”概念，是你的文化抱负的展现吗？你想做的这个项目最后是想实现什么目的呢？

刘亮程：先从游牧说起吧。前年我们在上海给李娟开了一个研讨会，我在会上发言，说李娟的文字中呈现了一种久违的游牧精神。我们中华民族两千多年来一直是农耕文明和游牧文明相纠结。在唐代诗歌里，李白即游牧精神的代表。李白出生在西域，他拥有一种与农耕文化截然不同的情怀。而那个时期的杜甫和他截然不同，杜甫代表着农耕精神。曾经盛极一时的游牧文明在逐渐往边疆退缩。而李娟的作品恰好表现了中国文学中少见的游牧精神。这是我们的游牧民族传承下来的一种精神，对待生活、对待生老病死的态度都不一样。李娟的文字里有一种简单的快乐。李娟书写的是她在阿勒泰地区和牧民们过的一种非常艰辛和简单的生活，一年挣不了多少钱，每天坐在商店里等待哈萨克人来买东西。一到晚上，尤其是冬天，房子四处透风，要忙着补漏洞。炉子一灭，房子就成了冰窖。那样的生活要让另一个作家去写很可能就成诉苦了，但李娟一句抱怨也没有，全是快乐。她写她妹妹的恋爱。小女孩寂寞地长到十八岁，寂寞地有了一场恋爱。又像一场风一样过去，没有果实。包括李娟自己，从十几岁到三十几岁，一个人待在大山里，一个女孩的青春就这样被太阳晒着、被风吹着、被雨淋着，被那些骑马的人过来过去看见。没有爱情，但她充满快乐。她从少数民族的生活中获得了快乐，一种和我们不一样的对待生活的态度。

这就是游牧精神。它在游牧民族的作家中时有出现，但因为语言传播途径的问题不被我们看见。新疆有一个哈萨克族作家朱马拜·比拉勒，我读过他的长篇小说。他的文章里就有游牧精神。《天涯》杂志刊载过他的文章，我推荐过几篇。但这样的作品被内地的读者阅读是有障碍的，它和我们的生活有隔膜感。它太远。像李娟这样的作家也是用了十多年的时间才把她的文章带到了更多的读者面前。哪怕现在，你也不能说李娟的文字完全被人接受了。

阎晶明：谈谈你的“牧游”是如何构想的。

刘亮程：所谓“牧游”就是把游牧倒过来读，有一种对游牧文明回望和挽留的意味。我们中华文明自古以来都是农耕和游牧两种文明相互纠结，只是农耕文明最终成为主导，游牧退缩到边疆山区。我们提出了“牧游”的概念，把所有的牧业文化变成一种旅游资源。我们所说的“牧游”，就是在下游通过政府培训让每一户牧民都具备基本标准的接待能力，在自家的毡房之外，增添几个接待游客的客房，然后在上游通过公司和旅行社把游客导入牧民家里去，深度体验游牧民族的生活，让旅游变成牧民致富的民生旅游。新疆每一个山沟、牧场都是好景区，游客都可以去，而这些地方没有变成景区，没有被拦起来收门票，但却是那样的吸引人，有牧民在生活，有羊群在游走，有白云，有毡房。新疆现有的景区，牧民和景区的冲突每年都有，再怎么补助，牧民始终觉得不满意。你把人家的牧场直接圈起来收费，又不充分考虑牧民利益，人家当然不愿意。而我们创始的牧游是没有门票的旅游，政府出点资把牧民培训好，让每条山沟都变成景区。

我们正在和布克赛尔县做试点，牧民的积极性非常高，愿意参与进来。这是直接让牧民富裕的旅游。牧民守着自己的羊群，守着自己的草场和蓝天白云，不光卖羊肉能赚钱，蓝天白云都能卖钱，呵呵。那时候，牧民不需要养更多的羊，靠旅游收入就可致富。

牧游的最大意义还在于促进族群之间的交往。通过牧游，把内地游客导入牧民家。牧游是到牧民家过日子的旅游，是走亲戚式的旅游。去深刻地体验在中国大地上还有游牧族群在生活，唯有这样，我们才能知道中国不光是汉族人的，它同时也是放牧的哈萨克人和种地的维吾尔族人的，是四季游牧的蒙古族等诸多民族的，这才是完整的多民族共居的中国。

2012.8.9

原文刊载于《文艺报》

近悦远来：新疆是人类文明遥远的家园

刘亮程：欢迎你来菜籽沟木垒书院做客，多年交往，知道你读书很多，去的地方也多，那么，作为一个新疆人，你心中的旅游目的地是一个怎样的地方？

李冀东：我这是第二次来菜籽沟，第一次是前年秋天，收麦子的时候，当时是好奇，一个作家能看上什么样的地方。我们一家人可都是你的读者，我的老父亲读你的《一个人的村庄》，读出了许多感慨，你写出了他那一代和我们这一代人远去的记忆。到了菜籽沟我感觉确实不一样，这里景观好，又遗留下这么完整的一个老村庄。

刘亮程：我记得当时你对我说，这个村子保留到现在不容易，慢慢来，先保护，不要让她很快变化了。我说，你放心，我们或许没有能力让这个村庄有多大变化，但肯定有能力让她不变化。不变化是我们对这个村庄的承诺。活到我这个年龄，看到的变化太多，就总是想看到一些不变的东西。菜籽沟保留了我小时候的村庄风貌和传统生活方式，别的村庄都是新农村了，她没赶上。她用不变等来了我们这些愿意以此为家的人。其实，文化旅游也是看不变化，看历经百年千年还原样保留的那些东西。

李冀东：不变化也是最困难的，我也经常讲，我们在新疆做旅游，尽量留一些好山水给子孙，让他们在多少年后能看见我们保护下的“不变化”的自然和传统生活。不要一发现一个好地方，就很快被旅游开发了。

我在路上看见你们的宣传语“何处解乡愁，木垒菜籽沟”。我们都有乡愁。但是，能解乡愁的不是那些穷乡僻壤，是心怀故乡的人。我欣赏的是一个作家的乡村情怀，这情怀落到哪，哪就是心灵故乡。就像凤凰古城因为沈从文，她跟其他的古城都不一样，有了一种文化情怀。

刘亮程：乡愁是中华农耕文明寄存在我们内心深处的一笔文化遗产。中华文化的核心是忧愁。先天下之忧，怀民生之愁。

菜籽沟吸引我的正是她的传统和古老。我第一眼就喜欢上了，她像一个被我们的祖先过旧的村子，我希望自己接着那些延绵至今的旧日子往下过。我们不是来旅游，是来养老过日子。也不是来做什么旅游开发，只是我和一群艺术家在这个村庄安家，我们改造老学校建了书院，这本身有了吸引人的旅游文化价值。

李冀东：我也喜欢这个村庄的古老和安静，喜欢沟里还在干活的老人，在这样的山水间老了也没啥遗憾。你靠自己的名望和乡村情怀，拯救了这个行将破败的村落。她现在非常有名。新疆有好多这样的山沟，希望菜籽沟能够创出一种模式，为我们新疆的乡村旅游提供一些新的思路。

刘亮程：我认为新疆最大的旅游文化资源是新疆人的生活，作为丝绸之路上的新疆，保留了多样性的传统文化生活，新疆的山水沙漠戈壁草原固然大美，但最让人迷恋的还是生活其中的新疆各民族人民丰富多彩的生活文化方式。

李冀东：是的，最好的旅游就是这样，我们在自己的家园优哉游哉地生活，别人不远万里来看我们的生活，欣赏我们的生活，跟我们一起生活。让新疆各族人民丰富多彩的生活文化本身，成为造福自己的旅游产品，让旅游成为全民参与受惠的大民生产业，这也是我们所努力追求的。

刘亮程：我记得那次我们坐在山坡上，朝西隐约看见博格达峰，我们聊了好多有关博格达的话题。我到哪介绍新疆，都先讲博格达，我个人认为她是新疆第一旅游文化品牌。木垒是过天山看到博格达的第一站，清代文献记载“牧人见之下马，官员见之侧目”，博格达在清代被列入国家祭祀。乾隆皇帝亲撰祭文，有“建标西域”句。博格达确实是新疆地理和精神的一个重要地标。到现在，这里的牧民还是看着博格达定方位。

李冀东：我在阿勒泰工作时，就听当地牧民说起博格达，天气好的时候，牧民能从阿尔泰山看见千里之外的天山主峰博格达。据说以前阿勒泰人到乌鲁木齐，也是盯着博格达峰走，不会迷路。尤其住在乌鲁木齐，抬头就能看见博格达，看见博格达，我就仿佛看见了新疆旅游的希望。

刘亮程：博格达是西域圣山，早在千年前，博格达被西方旅行者誉为"轴"，意思是整个大地如平放的车轮，天下道路如车辐般四通八达，博格达峰正是中心凸起的那个轴头。太形象了。历史有时候是在一个地方转圈。在漫长的丝绸之路上，博格达和她周边的区域，形成了一个人类"文明的旋涡"。在这个旋涡里，有高昌、交河城、吐峪沟、北庭、轮台、别十八里、阜康天池、乌鲁木齐等新疆最重要的地方，她曾经是一个重要的轴心之地。

李冀东：再回到开头的问题，我心中的旅游目的地是一个什么样的地方。新疆是古代四大文明唯一的交汇地，是一个人类文明的古老家园。旅游也是回家。如何让人们"回家"？这就需要我们把家里的事情做好，做到"近者悦，远者来"。

刘亮程：新疆是一个遥远的家。遥远是历史文化和地理赋予新疆的宝贵旅游资源，新疆的远是几千年岁月历史文化修来的，她远的有深度，远的有意思，远的有吸引力。你提出"近者悦，远者来"。作为新疆旅游发展总方向，是在一个什么情况下提出的？

李冀东：我到旅游局工作时，正值新疆旅游最低谷，由于大家都知道的暴恐事件，搞得内忧外恐。如何破题新疆旅游困境？古人云，半部《论语》治天下。我想，做好新疆旅游不需要半部《论语》吧。以前也常读《论语》，但这次是有目的的读，向论语取经问道。当我读到《论语·子路篇》中“近者悦，远者来”时，豁然开朗，如获至宝。

刘亮程：如何解读“近者悦，远者来”？

李冀东：“近者”就是新疆各族群众。用旅游业不断发展的成果惠及民生，让群众满意。各族群众期盼分享改革发展的成果，期盼能有更多的就业机会，期盼能有更稳定的收入，期盼能有更优美的自然环境。旅游业作为第三产业的龙头，是实现上述“期盼”的最佳载体。通过持续发展，发挥出旅游业在引导就业、兴边富民、推进社会经济发展中的重要作用，是通过旅游业实现“近者悦”的根本保证。

而“远者”就是内地乃至国外游客。因为“近者悦”带来的巨大宣传、示范效应，使“远者”自发前来投资、建设、旅游、消费，这符合旅游业发展的规律。“近者悦”是旅游产业发展惠及民生的具体体现，“远者来”是旅游经济发展的重要外部支撑；没有“近者悦”，就没有“远者来”。

刘亮程：使生活在这里的人们安宁、快乐、幸福，并将这种美好传播出去。使远处的人们欣然而来，友情相会于此。近悦远来，也是成就新疆乃至丝绸之路文化的精神密码。

新疆是中国和世界的远方。这个远有两层意思，一是地理之遥远，二是历史文化之悠远。许多人或许因为远才来新疆。几千年前，穆天子不远万里与西王母相会于西域天池，促成了一次著名的文化旅游事件。临别时西王母赋诗一首，其中有“白云在天，山陵自出。道里悠远，山川间之”的诗句，新疆的神秘与美丽因为它的道路悠远，反而成为促成旅游的动力。

李冀东：我们做新疆旅游的人，首先要把“家”里的事情做好，也就是做好“近者悦”。把一个既有古老文化沉积，又有现代文化魅力的新疆呈现给游客。“近者悦”是因，“远者来”是果。在历史上，因为有远者纷至沓来，成就了丝绸之路文化。今天的新疆，正处在国家一带一路的重要区域，近悦远来，旅游富民，旅游兴疆，这正是我们新疆旅游的方向与目标。

2016.4

原文刊载于《新疆日报》

用文学艺术的力量改变一个村庄

菜籽沟是新疆木垒县英格堡乡的一个自然村，以前村里人种油菜籽，每年油菜花开时，整个山沟一片金黄，村里的老油坊日夜不停地榨着菜籽油。村庄因此得名菜籽沟。现在村里人不种菜籽了，油菜籽卖不上价钱。可是，不管村民种什么，地里都会密密麻麻长一层油菜籽。我想，这就是土地的厚道，只要你播一次种子，她就会生生不息长下去。

我们也想在这个村庄播一次种子。

2014年冬天，我们偶然进入菜籽沟村时，一下就被她吸引了。村里全是老房子，汉式廊房建筑，木梁柱，木门窗，土坯或干打垒的墙，长着老果树的宅院这三家那两户地散落在沟里，整个村庄像一桩突然浮现在眼前的陈年往事。我们沿路一户一户地看，每个院子都像旧时光里的家，有一种久违的亲切和熟悉。

正遇上一户人家拆房子，院墙已经推倒，一辆大卡车靠墙停在院子里，几个人站在房上掀盖顶，瓦檐、油毛毡、泥皮、麦草和苇子，一层层掀下来，房顶渐渐露天，圆木结构的担子、梁、椽子整齐地暴露出来，还有砌入土墙的木框架。我们边拍照边看着这些木头一根根拆下来装上汽车运走。一个百年老宅院只剩下几堵破土墙和一地的烂泥皮土块。

一打问才知道，这户人家搬进了城，老房子六千元钱卖给了木头贩子。陪同的村干部说，村里好多老房子卖给木头贩子拆掉了。这个村子原有四百多户人家，现在剩下两百户，一半人家搬走了，留下的也都是老人，眼看种不动地。

我们沿路看见许多没有人烟的老宅院，或许迟早也会被拆了木头。

菜籽沟和她旁边的四道沟，是早期人类的温暖家园，她处在东天山特殊气候带，冬天暖和，春夏雨水充足，肥沃的坡地随处能长成粮食。早在六千年前，古人就在这里生活，留下诸多珍贵遗址。现在的居民多是清代或民国时到达这里的汉民。村里少有平地。他们垦种山坡旱田，因为坡陡，农机上不去，原始的马拉犁、手撒种、镰刀收割、木轱辘车、手工打麦场等传统农耕方式在菜籽沟依旧完整保留。可是能干这些农活的人都老了。年轻人外出打工。这个古老村庄和半村饱经风霜的老农，也都快走到尽头。

回到县城，我连夜给木垒县委起草了一个方案，提议由亮程文化工作室入村，抢救性地收购保护一批村民要卖的老民宅，然后动员艺术家来认领这些老院子做工作室，把这个行将荒弃的古村落改造成一个艺术家村落。方案当即得到县领导的肯定和支持。就这样，我们在乡政府和村委会的积极配合下，用一个冬天时间，收购了几十个老院子。本来一个院子卖几千元钱，我们一收购，都涨价了，涨到几万元。有的人家干脆不卖了，等更高的价格。

我们收购的最大一个院子就是村里的老学校，占地四十亩，四栋砖木结构教室，废弃后当了十多年羊圈。我们从教室的厚厚羊粪中清理出讲台、水泥地面。修整好塌了的房顶，换掉破损的门窗，在杂草中找到以前的石板小路，一个破败多年的老学校，被我们改造成了菜籽沟的文化中心——木垒书院。

现在，已经有几十位艺术家落户菜籽沟，他们大都是我的朋友，打电话说我发现一个荒弃的老村子，几万块钱就能买一个老院子，赶快认领一个做工作室和养老。他们都信任我，卡号发去钱便打过来。待春天雪消后开车来村里一看，都喜欢得不得了，没见过这么美的村子，没想到会在这么完好的古村落里有了一院自己的房子。本来要拆了卖木头的老院子，就这样在艺术家的妙手中获得新生。每个老宅院都变成一件可以居住生活的艺术品。先入村的艺术家又引来更多艺术家。我们在村里成立了菜籽沟艺术家村落，我当村长，自己任命的。

村委会姚书记当了几十年村干部，当老了，在村里威信高，他带头动员村民把房子卖给我们。他对村民说，艺术家来了，对我们的下一代有好处，以后我们的娃娃会变得有文化。村民说，我们都老了，哪会有娃娃？

确实，2016年菜籽沟所在的英格堡乡，只出生了两个孩子，我听了心里慌慌的，往后多少年，这些乡村只有走的人，没有来的。村里的老木匠只剩下做寿房的，生意不断。书院想请老木匠做一个大木桌，推辞了，说赶做寿房呢。有几个老人病卧床榻，眼看不行了，家人过来看了板子，交了押金，催着快做出来。那个活等不急，人说没有就没有了，不能到节骨眼上活没做出来。只要村里有红白喜事，不管谁家的，邀不邀请，我们都过去随个份子，参加一下。今年书院随了几千块钱，大多半是丧事。我们院子后面住的老太太就是上个月不在的，我好像都没见过她，没来得及和她照个面，打个招呼说句话，她就不在了。外面亲戚来一大堆，小车把路都堵了。去世的老人把走远的亲人都召回村子，好多菜籽沟的年轻人回来了，孩子回来了。他们回来看见我们在破败的老学校里修建的木垒书院，在荒弃的民宅上改造的艺术家工作室。他们一定不会想到，在他们离开菜籽沟的好多年后，一群艺术家入住村子，在他们的家乡过起日子。他们扔掉的乡村生活，被另一些人捡起来。

我们改造书院老房子，尽量雇用村民。2015年到2016年，村民从书院挣走了一百多万元劳务费。能雇来干活的都是六十多岁的老人，干一天泥活一百五十元工钱，也不便宜。那些村民从不觉得自己是老人。这些改造老房子的活,也只有他们会干。

在菜籽沟的第一年秋天,书院种的三亩地洋芋丰收了,得挖个大菜窖。雇两个六十多岁的村民,说好价钱六百块挖好菜窖。我坐在坑沿看他们往上扔土,其中一个仰头看着我,说:“老人家,你这么大年龄了,还到我们沟里来创业?”

我说:“老人家,我是来这里养老过日子的。”

其实我才五十三岁,他们怎么看出我比他们还老呢?他们活得忘掉年岁了。本来这个菜窖他们计划两天挖好,一人一天挣一百五十块。结果挖了四天,干赔了。

村里许多老人都不知道自己老了。路边见一老者,提镰刀从坡上下来,腰直直的,气不喘。问:多大啦,还割麦子?答:九十岁了,一天割一亩地麦子没麻大(新疆话:没问题)。问:干这么多活累吗?答:也不觉得。

不觉得就已经老了。老了也不觉得。

村民对我们在菜籽沟的一举一动都非常好奇,诗人小陶在沟里头收拾出来一个院子,经常有画家住她家画画,那一片的村民几乎都去串门参观。书院的修建和改造也引来村民观看。村民说,你们修这么大一个书院,鬼来上学?村里小学二十年前就卖掉拆了木头,破墙圈还在。中学荒废了十几年,变成羊圈。

我们确实也不知道修这么大一个书院干啥。只是觉得这么大一个老学校荒了可惜,就买下来。村里那么多的老宅子拆了可惜,就买下来。买下来的第一年,几乎啥都没干,想了一年,才想清楚要干啥。

自治区旅游局的领导来看了菜籽沟，很感慨，说这个老村庄能保留到现在太难得，要我一定先保护好，慢慢来，别让变了样子。我说，我们或许没有能力让菜籽沟有多大变化，但肯定有能力让她不变化。

不变化是我们对这个古村落的承诺。可是，我们已经阻挡不了她的变化。

当初我们入驻菜籽沟时，就跟村委会签订有七十年的独家经营权，由亮程文化工作室来保护、宣传、建设这个行将荒废的村庄。合同约定了我们的投入：在未来五年内，吸引百位艺术家入村建工作室，将菜籽沟打造成新疆最大的艺术家村落；将木垒书院建设成新疆最大的国学书院；帮助村上筹集资金修村道，改造危旧房屋；原址复建土地庙、山神庙、龙王庙等，把菜籽沟打造成旅游文化名村。

这些承诺都在一一落实。

第一年，县上给菜籽沟近千万元拔廊房保护资金，给每户补贴一万八千元，修缮老房子。结果干了件坏事。这些钱的用途上级建设部门有严格规定，必须花在换门窗、换前墙、铺房顶油毛毡上，不然报不了账。好多老式木门窗被拆了，换上廉价又难看的塑钢门窗。建设部门只考虑让农民的门窗保暖，却不考虑老门窗正是这些老建筑的文化脸面，就这样破坏了。还有，给老房子换前墙说是为抗震，一个四面土墙的房子，仅仅把前墙拆了换成砖的，其他三面还是土块的，抗什么震？个别老房子的老脸面也这样毁了。

村里的道路已经立项规划，2016年动工修建，2017年完工。这是村民期盼的大好事。

设立“丝绸之路木垒菜籽沟乡村文学艺术奖”，也是件大好事。木垒县每年筹集一百万元，委托书院设立奖项，奖励对中国乡村文学、乡村绘画、乡村音乐和乡村设计做出杰出贡献者。今年是首届，奖励给乡村文学。明年奖励乡村绘画。用评委李敬泽的话说，“她是中国最低文学艺术奖，因为低到了土地里，她也是中国最高文学艺术奖”。这个奖会一年年地办下去，偏于一隅的木垒菜籽沟，每年会有一个时刻被中国诸多媒体所关注，成为小小的一个中心。

我们还筹了点钱，想先把村里的土地庙复建起来，我们要在这里动土建筑，得先给土地神念叨一声。以前村民盖房子，动土前都先给土地神烧香。村民知道自己村子的土地先是神的，后是村委会和土管局的。土管局领导来，我说在这建个土地庙，给你招呼一声。领导说，我们都先给人家（土地神）招呼一声。村民得知我们要修庙，有的说要捐一根木头，有的说白干两天活。菜籽沟村以前有土地庙、山神庙、龙王庙、佛寺，都毁了。在过去的几十年里，一次次的运动，从这个村庄拿走太多东西，我们希望能够归还一些东西给村庄。菜籽沟曾经是一个乡村文化自足体，那时村民有什么事情，庙里烧个香念叨念叨就解决了。现在乡政府成了唯一的庙，村民有大小事情都找乡政府。村庄原有的精神文化自足体系被破坏了，乡政府和农民赤裸裸、面对面，诸多矛盾没有回旋余地。本该村里能解决的，直接到了乡里。本该乡村文化体系可以内部就地解决的，转移到了县里省里中央。

现在，菜籽沟木垒书院已经修建得像个学堂了。我们筹备冬闲时开培训班，先给村民上课，让他们懂得如何保护利用自己的老房子做民宿客栈，不要让城市淘汰的建筑垃圾进到村里。我们还希望培训县乡干部，给他们上国学课，上乡村文化课。让他们知道乡村的价值所在，在规划改造乡村时手下留情，别再把有价值的东西毁了。乡村是中华文化的厚积之地，懂得乡村方能保护发展好乡村。国学其实就是中国百姓的生活学问，早已被村民们过成日常生活。上层把儒学当执政策略，知识分子把它当学问，只有农民，老老实实把儒学当家学，用它治家过日子。中华文化所以延续几千年不断，是因为文化根基在乡村，朝代更替只是上层的事，乡村层面是稳定的。

在菜籽沟，每个农家宅院里，都包含着丰富的中华文化精神，从房屋建筑到家庭居住安排，都有讲究。内地传统的廊房建筑，朝西传到新疆菜籽沟，一路丢失，简易成一排廊檐土房子，但规矩依旧，正门进去，两厢分开，长者住上房，房顶的木梁也是大头朝东。南北横着担子小头朝南，南是万物生长的方向。不管家人识不识字，儒家文化都统管着家庭，长幼孝悌，这是活的儒学，早已成为村民的生活方式。

还有家畜，也是这个宅院的重要成员。

一个农家院子，其实也是一个人与万物和睦共居的温暖家园。院门对着是狗窝，狗看门。狗窝旁是鸡圈、羊圈、猪圈。我们和它们一起生活了几千年。改造一个老宅院，要知道保留那些古老生活信息，旅游就是回家，一个完整保留着人与万物共居的家园，谁不想住一宿呢？2016年，我们选二十户有条件的村民做民宿客栈，由书院和艺术家免费帮农民做设计，争取县乡资金扶持。

2017年，木垒县投入两千万元，建成木垒书院国学讲堂和菜籽沟美术馆。

2018年，县上专门为菜籽沟艺术家村落成立了领导小组，有一位副县级领导专门负责与艺术家对接，解决艺术家及木垒书院面临的困难和问题。前期落户并建成艺术家工作室的十位艺术家，获得木垒县每户十万元的补助。第二届菜籽沟乡村文学艺术奖，也在2018年9月在新建的国学讲堂举办了隆重的颁奖典礼。新华社、新浪网、腾讯网等中国主要媒体再次聚焦菜籽沟。

这个村庄的命运，也许真的被我们改变了。以前村里只有一个小杂货店，现在开了好几十家农家乐。每到周末游人络绎不绝，来写生创作的画家一拨一拨住进村里。菜籽沟真的活过来了，一些搬走的村民又迁回来。我们这些外来者，也将面临跟村民的诸多矛盾。我们认领了一个别人的家乡。我们将在这个村庄里没有户口和合法宅基地地居住下去。乡村，或许只是飘浮心中不肯散去的一朵云，那朵云里蓄积着太多我们关于家园的理想，自《诗经》开始，这个家园便被诗意地塑造在地上和云端。怀揣古老的乡村梦想，或许我们到达的只是现实中的一个农村：菜籽沟。不管是我们认领了她，还是她收留了我们，都不妨碍我们在这个村庄里延续自己的乡村之梦。

修改于2018.10

木垒书院讲座整理

辑四

木垒书院随笔

一张醒来的脸

在租赁的两百亩旱田坡地上，王刚创作的巨型人像渐渐刻进大地，又仿佛从深埋的黄土中浮现出来。

这是一张醒来的脸。他将一年年地跟菜籽沟村、跟前来看他的人们面对面。

菜籽沟是新疆木垒县英格堡乡的一个村庄，以前村里种油菜籽，后来不种了，菜籽依旧长得满地都是。土地上的事情就这样，你播一次种，她就会生生不息长下去。

我们也想在这个村庄播一次种。

2014年初，我们进入菜籽沟时，这个原有四百多户人家的村庄半数已空，到处是无人的空院子。有人的院子大多住两个老人，过一阵走掉一个，剩下的老人被儿女接走。

一个个老宅院荒芜、拆毁，延续百年的烟火就此中断。

这是诸多中国村庄的共同命运。村庄养活我们。乡村养育源远流长的中华文化。她自身却在衰败。

但是，菜籽沟村依然有生长的力气。这一村庄人，顽强地把古老的汉式廊房建在沟梁上，把族谱和儒教供奉在堂屋，一代代地，守着汉民族的生老病死。

村庄的景致依然如故。从北边平原，到前山丘陵、到雪线森林，大地层叠向上，万物灵秀生长，村人的生活是大地生长的一部分，曾经青绿，现已枯黄。

我们想让艺术的力量，加入这个村庄的万物生长。

我们想留住这个破旧如故乡的村庄。

我们租赁、收购那些即将倒塌拆除的老宅院，召唤艺术家们认领，做工作室。收购的最大一个院子是二十世纪六十年代的一所中学，后来成了羊圈，她现在是菜籽沟的文化中心——木垒书院。

诗人、作家、画家、设计师、媒体人，认领了这些荒芜的宅院，也认领了一份祖先过旧的生活，认领了一个乡野中的家，和这个家中依旧敦厚温暖的中国乡村文化。

更多的人来到村里。无人知晓的菜籽沟突然间有了名气。

走掉的村民逐渐回来。他们没有想到，在他们离乡的这些年里，一群艺术家来到村里，在他们荒弃多年的旧院落里，过起另一种生活。他们扔掉的家乡，让另一些人捡了回来。

王刚大地艺术是菜籽沟艺术行动的一部分。这位在黄河边、在京都做过多年大地艺术的画家，在菜籽沟找到了让艺术安稳着落的田野大地。

生长麦子、油菜，延续古老生命与文化的苍苍土地上，艺术家开始了另一场劳动。

一幅占地六十亩的巨型人头像，已经不是人。那么他是谁？在他睁开的巨大眼睛里我们又是谁？

我们造山一样的鼻子让他呼吸，造河一样宽大的嘴，把走远的人喊回来。

人们真的会回来吗？

这是一次疲劳的尝试。在这个人烟稀少的山谷，在一面行将撂荒的旱田坡地上，大地艺术的命运，也跟村庄生死相系。

作品完成，只是大地艺术的第一步。这块坡地的永久属性是耕地。

造好的人像上还会继续种植麦子。

因为坡陡，农机上不去。传统的马拉犁、手撒种、镰刀收割的生产方式还会延续下去。

一块造出鼻子、眼睛和嘴的土地，或许依旧不能看见和说出什么。

土地上的事情，依旧深埋在无尽的白天黑夜里。一张醒来的脸，还会昏然睡去。

睡着和醒来，本来就是土地上最平常永远的事。

2016.8.14

和草一起长老

欢迎各位入住菜籽沟木垒书院。

书院的环境各位都看到了，一个二十世纪六十年代的旧学校，我们保留了所有能够保留的，连同这些野生的草木。

院子里的树，我们从不修枝，任其生长。修枝是人的想法，不是树的。树想长成啥样、能长成啥样，都由树。

草随地长，不铲草锄草。一棵草，只要在这个院子长出来，只要不是太影响我们——其实一棵草又会碍人的什么事呢——就会一直长到开花结果，长到青叶子变黄。第二年还会在老地方长出来。

这里虫子多，都不咬人。菜籽沟没有蚊子，只有个别几个苍蝇，都是游客带来的。

需要提醒大家的是，因为空气太洁净，随便一点味道都会被闻见。路上过一辆汽车，会有一股子尾气味道飘过来，城市全是这个味道，你闻不见了。

推门进屋，会闻见老鼠来过的味道。当然这会儿屋里没有老鼠，都在外面觅食呢。书院的猫在到处找寻它们。

你也很容易闻到自己和别人的味道。因为空气中没有其他味道，每个人的味道都会像花草之味被单个表现出来。

因为太安静，隔壁房间的私语会很清晰地传过来。不是墙不隔音，是声音太少，没有其他声音，一点声音都会凸显。

夜晚偶有狗吠，你不用担心，我们的牧羊犬月亮是最忠实的守夜者，风吹树叶的一点声响都会让它警醒。

院子里没有灯，晚上出来，稍站一会儿就不觉得黑了，夜空是亮的，有月亮和满天繁星。在夜空下站久了你也是亮的。夜并不黑。

这是书院的环境，你喜欢这些繁茂大树、喜欢遍地花草、喜欢一早一晚的阵阵虫鸣，你就得接受树叶草丛里的虫子，它们有时候会爬进屋里，爬到你身上，都不咬人，不用拿巴掌拍，一拍，虫子会自卫放出臭味。虫子只是一只只地往秋天爬，偶然路过你手臂，可能留下一点瘙痒，一会儿就没感觉了。

玻璃天顶上常年落有尘土和落叶，都不脏。自然界没有脏东西。

床头屋角的蜘蛛网，是去年前年结的，蜘蛛也是去年前年的那只，一直守在那里。我们没有打扰它，它也不会打扰你。

从窗户门缝飞进爬出的虫子，都是客人。它们也是这里的主人。

我们选择在这里做书院，是选择了跟这里的万物一起生活，与虫共鸣，和草木同青共老，在星空月光下安睡入梦，又像草木返青一样欣然醒来。

对于这个院子，我们是贸然的新来者。榆树杨树都是长辈。草和虫鸟，都是这里的先祖。我们能做的，只是尊敬、爱护、不轻易扰动。

书院的这几间旧宿舍和教室，是二十世纪六十年代的建筑，我们只做了保护性的加固改造，让它原样保存下去。几十年来一批批的学子从这里出去，我们为他们也为后人保留下这份记忆。

相信你们在此短暂的停留，也会被自己和所见的一切铭记。

草木有情，尘土有灵。万物相互记忆，并不会彼此忘记。

当你记住一只小虫子的鸣叫时，这声音也已经记住了你。

2017.7.15

一只像作家的狗

作家有两种状态，第一种状态是人的状态，第二种状态是作家的状态。当作家是人的状态时，是农民、工人，是官员、知识分子，是男人、女人、丈夫或妻子。但是进入作家状态的时候，他是一个完整的、独立的个体。是人的状态时，作家是这个社会的一员。是作家状态的时候，他将自己放在社会的对面，社会是社会，我是我。这是一个作家的状态。

作家是有灵感的人。灵感来时是作家状态，没灵感时就是一个平常人。

作家的状态让我想到乡下的狗，或者说乡下的狗具备一个作家的状态。

有过乡村经验的人都知道，乡下的狗是没有狗食的，狗要自己找食吃，喂猪的时候，狗抢着吃一口，喂鸡的时候，狗抢着吃半嘴。更多的时候，狗溜墙根寻食，以我们认为的最肮脏之物果腹，这就是白天的狗。

但是，到了夜晚，月亮升起来，人们睡着的时候，乡下的狗蹲在草垛上，蹲在房顶上，用舌头舔净自己的爪子，梳理好自己的皮毛，然后，腰伸直，脖子朝上，头对着月亮，汪汪地叫，这时候的狗截然不同于白天的狗。

人们只看到白天在墙根找屎吃的狗，为一根骨头低眉顺眼摇尾乞食的狗，很少看到在夜深人静时对着天空、对着月亮，汪汪吠叫的狗。这时候的狗像是突然从人世中脱离出来，它不再为一口狗食而叫，不为它的主人而叫，不为院子里一点动静而叫，它的眼睛望着茫茫星空，嘴对着高远皎洁的月亮，这时候的狗高贵而自尊，它的吠叫中没有任何恩怨，那声音像吟诵像祈祷。

我在乡下的那些年，曾多少次在这样的狗吠声里醒来，也曾静悄悄站在对月吠叫的家狗后面，仰头望它所望的星空。在那里，它的眼睛专情地看着月亮，嘴对着月亮，汪汪的声音传向月亮，仿佛月亮上也有声音传来，灵敏的狗耳朵一定能听见。但我不能。我这只人的耳朵，只能听见狗对月亮的吠叫，却听不到月亮对狗的呼喊。我相信狗是从月亮上来的。在白天，我们在土里忙碌，它在地上寻食。天一黑，我们在低矮的床铺上睡着、做梦。它爬上高高的草垛望月亮。

那一刻，如果我咳嗽一声，狗会马上停住吠叫跑过来，对我摇尾示好。但我确实不想用一声主人的咳嗽，把它唤回到人间。

我喜欢这种状态里的狗。尽管我更需要一只看门狗、见了主人摇尾巴的狗、睁大眼睛竖起耳朵守夜的狗。但我仍然需要一只放下人世的一切对月长吠的狗。我在狗那里看见了我自己。

那是一只像作家的狗。或者说，作家本应该发出这样的声音，在长夜里，独自醒来，对月长吠。

2015.9

等太阳从西边升起

我在老教室的南边加盖了阳光房。最初的想法是盖一间通体透亮的玻璃房子，冬天四周皑皑白雪，屋里暖洋洋。秋日看树叶一层层落在玻璃屋顶，被风吹走再吹回来。半夜醒来，头顶是小时候熟悉的满天繁星，那些星星也能看见黑暗大地上仰躺的我，在瞪一对明亮眼睛看她们。唯一不能的就是让地面也透明，能看见屋子下面的土壤和砂石，看见深扎土里的树根。我们在墙根挖管沟时遇见过那几棵大树的根须，它们密密麻麻穿过房子下面的土地，整个房子被树从底下抱起来，又在上面呵护住。

现在我坐在去年建的玻璃房子里，写更远年月的事情。我面朝南坐写一段文字，额头晒热了又转移到桌子对面，背朝南坐写一阵，让脊背和后脑勺晒热。后脑勺晒热后脑子里的想法变了，情绪也变了，文字朝另外的方向走，我又坐回去，想点别的事情让文字停住。我喜欢看文字停住的样子，写到中途我忙别的事了，睡觉前打开电脑，看一眼停在那里的文字，并不去往下写。每天打开电脑看一眼，就像每天去菜地看那些禾苗的生长，停下来的文字也在长，好多天后的一个下午，她长成了。

山里的一天比外面短一截子。一抬头日已西斜。黄昏适合写诗。我已多年不写诗。看着一个一个黄昏从眼前过去，有时来了情绪也不写诗，只是让太阳一日日地去落。

总是会有一个黄昏的日头落不下去，久久地悬在漫天云霞里。会有落到山后的夕阳又升起来。是的，我一直等待太阳从西边升起，逝去的生命又重新回来。我等了多年。当远去的日子变成诗，回来的岁月就成了散文。我在自己的文字里又活了一回。

我又找到写《一个人的村庄》时的感觉，仿佛头伸到云里，脑子空空地刮着一场风。全是早年的声音。在四周水一样漫上又落下的层层虫鸣里，我听见一生里所有的琐碎事情。

上午写一会儿字，出去干点活。夏天种菜冬天扫雪，秋天挖洋芋、编筐子。每年秋天我编一个筐子，有时编两个。写作是脑子的梦想，我不能因为她把身体和手艺荒了。

下午在路上遇一村民，要跟我说个事。我说你说。他说要坐下跟我说。我知道他有要紧的事情要说。散文也是坐下来说话。

坐在地上望着天说话。人坐下来时，头在肩膀上就搁稳了。我正在写《菜籽沟：土地上的睡着和醒来》，是用散文写一部书，而不是写一篇散文。在这部书里，一个村庄的太阳会从西边升起。

2016.3.11

忆顾老师

那天接到诗人单守银短信：亮程，顾老师病了……生命微脆，于呼吸间。

盯着短信良久，回复了几个字：上天顾佑，老师平安。

又过了几十天，或许是几个月，都快淡忘顾老师生病的事了，突然又接到单的短信：顾老师去了。

顾老师是我的第一本小诗集《另一只眼睛》的主编，现在我的著作目录中没有这本诗集。它不能算一本书，只有二三十页，单薄地印着二十几首短诗，还不是一个有书号的正规出版物。我时常忘了自己写过这样一本小诗。就像我想不起曾经为发现这些小诗兴奋不已、费心费力将之编印出来的顾丁昆老师。毕竟时间过去太久，有三十多年了吧。那时我二十多岁，在沙湾县一个乡做农机管理员，经常骑个破自行车下村，跟浑身柴油味的拖拉机驾驶员打交道。傍晚下班后乡政府院子里只剩下我和一个看门老头。我在那个空空的大院子里，听着附近村庄的狗吠声写诗做梦。那是我写作最困难的时期，虽然也在地方小报上发表过几首小诗，但远没有找到要写的东西，也对自己的写作才能失望。觉得自己的青春和人生，就要在这个乡政府大院子里，听着狗吠声静悄悄地度过了。生活刚刚开始，其实便已荒芜。

这样的日子突然被一封书信改变。写信人就是顾丁昆老师。他通知我伊犁州要给青年诗人出版诗集，我的诗歌被选中。那是一封很长的信，有三页信纸吧，钢笔写的。他还写了看到我诗歌的兴奋和激动，毫无掩饰地表扬我的诗歌才能，把我的诗夸奖到几乎让我自己仰望的高度。我记得好多天里我都在反复读那封信。又回过头看自己的诗。我在乡政府工作的几年里写成的可怜巴巴的那些小诗歌，竟然有这么好？而且要结集出版了？那个年代，出诗集是多大的一件事情啊。我的第一本书，就这样幸运地出版了。

我在一片赞扬声里似乎又找到写作的智慧和力量。

后来我在伊犁见到顾老师时，我们已经因这本小诗集通过许多次书信。顾老师的相貌一看就是南方人，皮肤、鼻子、眼睛都是典型南方人的，但他的身体是新疆人的，强壮有力。他的酒量和为人的豪气是新疆人的。他的诗歌也有着西部诗的刚毅和豪放。他长我十几岁，在我们一同出诗集的十人中，他是老师也是兄长。他细心、热心，对别人诗歌毫无保留地赞扬。

其实我对顾老师的生活只是在诗友的闲聊中有一点了解，他在《伊犁河》杂志当了多年的诗歌编辑，发现、鼓励、培养了一批年轻诗人。还听说他开过金矿，好像开赔了。他一直写诗，跟我们一起出了一本同样薄薄的小诗集。后来他写过什么我一概不知。他离开伊犁回上海老家后，就数年无音信。偶尔听说他回新疆伊犁，他自己说过伊犁已经是他离不开的老家了。有两个老家的人就得来回回家。

回来路过乌鲁木齐，有时会联系我们聚一聚。我和一同出诗集的陶若凌都在乌鲁木齐，他也非常欣赏陶的诗歌，陶是他发现的天才诗人。每次都是陶通知我到哪个酒店包厢会合。顾老师给我的感觉是没什么变化，依旧红光满面，一点没有衰老的迹象。看上去依旧浑身是劲，那个南方人的可爱面容被一个强壮的新疆人的身体扛着。依旧像以前一样喝酒。喝了酒自然谈过去。我们有过几十年前的一段共同的过去，那是属于诗歌的。只是我们都已不写诗。

顾老师也改行写起歌词，他告诉我他写的好多歌词被音乐家谱了曲，在那里的歌词圈很有影响。我至今没听过由他谱曲的一支歌，也没看过他写的一句歌词。顾老师对我后来的作品看了多少我也不知道，但对我的欣赏热情一点不减当年。我是他的自豪，他是第一个发现我的老师，没有他的发现，没有最初的那个薄薄的小诗集，我在那个乡农机站的生活或许不值得记忆。正是因为出了一本小诗集，我成诗人了，我在顾老师和其他老师诗友的不吝赞美鼓舞下，把写诗当成唯一的梦想，一写就是十年，直到有一天我丢掉乡农机站管理员的工作，也丢下让我满怀希望的诗歌去乌鲁木齐打工。

最后一次见顾老师是三年前吧，或许更早些，我记不清了。顾老师依旧是没怎么长老的样子。虽然年龄与我相差十几岁，坐一起却看不出大小。他喝酒的热情不减，谈诗歌文学的热情不减。他的身体也似乎更加强壮瓷实。我不会想到这样一个结实的身体，一个对诗歌依旧充满热情的生命，会出什么问题。

直到那天，我接到“顾老师去了”的短信。

我盯着手机良久，没有回复一个字，也没问顾老师是在哪“去了”的。是上海还是伊犁？无论在哪，顾老师是真正的回家了。他或许还会像以前一样，在两个家乡间来回地回家。只是，我们再不会有他回来的消息。

2015.9.11

铁匠已经打完最后的驴掌

十七年前，我受约写一本新疆古镇的小书，在南疆行走，走到库车被那里的驴叫声留住。当时库车是有名的毛驴大县，四十万人口，四万头驴，四万辆驴车，全库车的人和物产，都在驴车上，拉着转。龟兹河滩上的万驴巴扎更是让我迷恋，千万个毛驴和驴车，铺天盖地，真是世间难见的毛驴壮景。我在库车停下来，写了《库车行》，后来又改名《驴车上的龟兹》再版。

《最后的铁匠》是该书的首篇，老城铁匠铺是我常去的地方，一截短短的巷子里有三家铁匠铺，叮叮当当的打铁声相互听见，铁匠炉前一天到晚聚着人。库车因为驴多，形成一个完整的手工驴产业，做驴车套具、驴拥子需要皮匠，打造驴车要木匠，钉驴掌要铁匠。铁匠铺除了打坎土曼镰刀，其余就是给驴做活。

我曾建议库车保护好当地的驴资源，把毛驴大县当一个品牌去打，因为许多地方已经没有驴了，当全世界都没有毛驴时，人们会到库车来找驴，来看驴。我还建议库车机场建一个毛驴车接机口，给驴和驴车创造活路。想想吧，那些外地游客下飞机直接坐驴车，一步踏入千年龟兹，这是何等感受。

可是，现在库车没有驴了，替代驴和驴车的是三轮摩托。那边的朋友说，来客人拍张毛驴照都得看运气能不能碰上一头。没有了驴和驴车，皮匠、木匠、铁匠自然就没用了。这些跟驴有关的手工产业链也就不复存在。

上个月到南疆麦盖提驻村点认亲戚，走了一路只看见一头毛驴，拴在人家低矮的圈棚下，鬼鬼祟祟地看人，住上安居砖房子的农家，已没有驴圈的位置。我记得那时候走进村里人家，院子里总有一双驴眼睛看你，那是主人之外的另一双眼睛，在巴扎上在田间也到处能遇到这样的注视。我在长篇小说《凿空》中，也反复写到那双鬼祟而深沉地看着人世的驴眼睛。现在到哪里都只有人的眼睛，再没有驴这样的四条腿生命和你同行，千万条毛驴背过脸去不再看我们。

我在麦盖提认的亲戚家只有几亩地，都转给了别人，一家人的收入不知道从哪来。

这时我又想起十几年前的想法，那时候每家都有几头驴，驴不值钱，六七百块钱一头，现在驴的价格是那时的十倍。如果每家的毛驴还在，或是家里有一头母驴，母驴下母驴，三年四个驴，就是好几万的产值。每年卖一头驴，近万元的收入，也够一家人生活费用。

几个月前看到一则报道，通过巴基斯坦瓜达尔港自中巴公路运来的四百头驴，抵达乌鲁木齐。中国的阿胶产业对驴需求巨大，巴基斯坦已经在投入巨资为中国建驴产业基地。

新疆南疆的养驴户显然赶不上这趟生意了。

我曾建议南疆农村实施毛驴扶贫，一户一头驴，三年可脱贫致富。

现在农民也开始想念毛驴，几千块钱买一个三轮摩托，三年后剩下一堆废铁。一头驴养几年，就是一堆驴，一大笔家产。

可是，村里的贫困家庭，哪能买得起驴。驴从十几年前的七八百块钱，涨到如今的七八千元上万元。即使有一头驴，驴槽、驴圈、驴掌、驴拥子，这些跟驴有关的手工产业没有了，给驴干活的一代匠人老了，走了。我在写《最后的铁匠》那篇文章时，这一切都还在。

库车老城那个最后的铁匠，已经在十几年前打完最后的驴掌，从此这个世界上再难听到驴叫，我们的耳朵里只剩下嘈杂人声。

2017.4.5

每个字都孤悬如梦

“有些事，不干也就没有了。干起来一辈子干不完。”

我用毛笔抄自己的句子，写成条幅挂起来。这些散文里的长短句，因此有了不一样的意义。写成书法的句子脱离开书，脱离开原来的文章，独立成一幅作品。

写毛笔字这件事，不知不觉已经干了几十年。写作之余，写几笔书法，似乎也跟写作有关系。写作是用字，千万字地用，多少字被反复用坏、用烂、用得没了知觉味道。写书法则是养字，一笔一画、恭恭敬敬地写，字单独地摆在纸上，挂在墙上，有被供养的意思。写作的人尤其要养字。既要跟字熟，心有灵犀；又要跟字生，保持一个敬的距离。不是你认得字，要字认得你了，写起来才有灵性。

以前喜欢读字，看字典。书读厌了读字，字字是书。

觉得读《词典》《词源》，都不如读字典过瘾。字一旦组成词，就仿佛被逮住降服了。单个的字都是野的，独立于天荒地老中，像一个个孤悬的梦。每个字都自成一个世界。

用字作文的人，有能力唤醒那些字，让字活起来，生出意想不到的意思。古人早已让有限的汉字生出无限的意义。但是那些字远未被用到头，每个字都有远方，都孤悬如梦。

单独读一个字，读久了会出神，觉得字也在看你，你看懂了字，字也看透了你。你所在所知的世界，就在这些字里。

读字改为读帖，是写毛笔字之后的事。从欣赏一幅字、一个字，到细读一笔一画，读得更细、更具体也更抽象。

曾经细读过楼兰出土的木简文书，不是做研究，只是喜欢那些残片上的毛笔字。文书多为戍边吏士所写，从边关写往内地，有公文，有家书，都未来得及寄出，便突然被黄沙封埋。残片上的每个字都像在赶路，茫茫黄沙路，漫漫戈壁路，遥遥边关路，那些被风刮歪但自有趣味筋骨的字，凛然大义的字，匆忙但又不失章法风度的字，穿越了两千年岁月，木简草纸未腐，墨色未退，笔画未丢。对我而言，文字的内容或许已不重要，书写内容的毛笔字成为一种单独的表述，它在一笔一画的笔墨中传递给我的，远比字义更多更永恒。

古代新疆也是汉语的远方和末梢地区，有数十种语言文字在这里集聚。库车出土的“汉龟二体钱”，便是汉语和印欧语系的龟兹语，在同一枚古钱币上的相遇。楼兰文书中的汉字却没有一丝末梢之感，它更像是一个汉字书法艺术的中心，那个时代流行的隶书、行隶、草隶、楷隶、章草、行草、行楷等书体，都出现在文书中，堆放一处。可想一个小小的楼兰国里，聚集了多少书法家。他们是文人，是士兵，是将军，都写得一笔好字，都不一样。我想，从这里寄回内地的文书，也一定影响过内地的书体，就像古代边塞诗对中国诗歌的影响一样。汉字书法，也一定在大漠孤烟和长河落日中，汲取了不一样的精神气质。

我喜欢汉代之前那些处在勃勃生长期的书法。那时候，汉字的书写笔画还没有完全安排停当，或者还有许多布局的可能，每个书写者都有可能写出一种风格来。那是汉语书法成熟前最迷人的探索期，书写者对字充满了好奇、谨慎、犹豫和敬重，每一笔都认真地写，落下一笔时，下一笔的走向或全然不知，得想、犹豫，行笔速度就在想和犹豫中慢下来，笔画凝重起来。那时汉字的每一笔都有远方，都如一个初生的梦。书写者心中既有书写内容、思想情感，又有对书写文字的审美追求。这两者的完美结合，让那时遗留的断简残纸，都有了双重价值。

书法成就了一个语言的梦。它是文字之上的字，是字的神。古人所谓惜字如金，敬字如神，是说给所有写字和作文的人的。

2017.5.11

小说家也是捎话人

《捎话》是一部声音（语言）之书，写那个时代的话语之困——地处遥远西域的毗沙和黑勒，因长达百年的战争，两国间书信断绝，民间捎话人成了一种秘密行业，把一地的话捎往另一地，或把一种语言捎给另一种语言。

小说中的捎话人库，是毗沙国著名的翻译家，通晓数十种语言，他受毗沙昆寺委托，捎一头小毛驴到敌对国黑勒的桃花天寺。

库说，我只捎话，不捎驴。

昆门说，驴也是一句话。

故事就这样开始了。

那个时代，聚集在昆寺的译经者，是另一类捎话人，他们跨越语言间的沙漠戈壁，把昆语的经文翻译成皇语、毗沙语、黑勒语，又在这些语言间互译。其结果是，可能每一个语言里都有了一个不一样的昆。

小说的另一个主角，是在战场上被砍了头，由毗沙人觉的身体和黑勒人妥的头错缝在一起的鬼魂妥觉，头和身体一路的吵架全传进小毛驴谢的耳朵里。

毛驴谢是主要的叙述者，她的皮毛下刻满捎话人库不知道的黑勒语经文，她能听见鬼魂说话，能看见所有声音的形状和颜色，她一路试图跟库交流。可是，这个懂几十种语言的翻译家，在谢死后才真正地听懂驴叫。

人的喑哑话语之上，连天接地的驴鸣和狗吠也在往远处捎话，一个又一个村庄城镇的驴鸣狗吠把大地连接起来。

而小说的主人公库，在被毛驴谢的魂附体后，由此打通人和驴间的物种障碍，最终成为人驴之间孤独的捎话者。

捎话，就是捎一句话。

一句话被一大群话包裹着，浩浩荡荡走上小说的叙述之路，所有语言包庇着要捎给远方的那一句。漫长路途，语言在走形、在忘记、在另一种语言里变成另外一句话。

小说家也是捎话人。把那个过去时间里活下来的人声捎到今天，也把驴叫声捎到今天。驴在人世间叫了千万年，总得有个人去知道驴在叫什么吧。

从小说第一句开始，故事带着这样的使命上路。一个好故事里必定隐藏着另一个故事，故事偷运故事，被隐藏的故事才是最后要讲出来的，用千言万语，捎那不能说出的一句。每一句话里也都捎带着另一句。那些句子，不再是单义的叙述，而是每一句都有无数个远方的到达。

这便是我想写的小说。她不是简单的讲故事。当她开始讲述时，所有故事早已结束，如果一个小说家还有什么要讲的，那一定是从故事终结处讲起。

写《捎话》时，唯一的参考书是一部古代辞书，跟《捎话》故事背景相近。我从那些没写成句子的词语中，感知到那个时代的温度。每个词都在说话，她们不是镶嵌在句子里，而是单独在表达，一个个词摆脱句子，一部辞书超越时间，成为我能够看懂那个时代唯一的文字。

每一部传到今天的伟大作品，都完成了一场心灵的捎话。

小说也是捎话艺术。

2018.1.13

被驴眼睛看扁的世界

听声音，村庄是鸡和狗的

以前村里声音最高亢的是驴叫，最低的是人语。除非大喊大叫，人的声音高不过鸡鸣狗吠。在村子外五里地，听到的是鸡鸣狗吠，听不到人的声音。那时候，你会觉得村庄不是人的，是狗和鸡的。在七八里外，村庄隐隐传来的只是驴叫声。那时你会觉得村庄是驴的。

驴叫的时候，脖子昂起来，嘴对着天，眼睛朝上，不屑于把声音叫给人。

在众声喧哗的大地上，驴叫是一种自然“原声”，从未变形，未被污染，也未被异化。我把驴叫提炼出五个字——昂叽昂叽昂，像是古老的五言绝句。

狗会为动静去叫，鸡会为天亮去叫，驴叫没有世俗的功利和动机。它平常不叫，一旦叫起来了，你就知道，它不是身边有事了，肯定是心里有事。

驴的寿命长，能活三十多岁，是人寿命的一半。你想一个人活到三十多岁，啥都懂了。驴活三十年，肯定好多事情也都想清楚了。在乡村我们见到的驴，都斜着眼睛看人，明显的蔑视人，好像把人看透了，但是不说穿。

在农村，家里拴头驴，你还真不能不把它当回事——你躺在屋里睡觉的时候，它站在圈里，不睡觉，站着想事情。你睡一晚觉，它想一晚上事情。第二天早晨，可能它把好多事都想清楚了，你糊里糊涂醒来。然后，它跟在你屁股后面看你干活，干错干对，它不说。你累死累活，这样的生活有没有意义，它也不说。只斜眼看。

驴的末世

《捎话》之前，我写过一部长篇小说，叫《凿空》，写了一个人驴共居的世界。家家户户有毛驴。每到礼拜天，万头毛驴拉着万辆驴车，在巴扎上集聚。那时候驴还在大地上，还在村庄里，还在远远近近的道路上。人们赶着毛驴从一个地方到另一个地方，驴和人像兄弟一样。晚上毛驴拴在隔壁像邻居一样。毛驴和人走在一起像朋友一样。驴叫的时候人会听，人说话的时候驴也在听。

《凿空》中阿不旦村的驴，耳朵里听不得比它高的声音，第一台链轨拖拉机进村时它追着叫，第一辆汽车进村时它追着叫，架在村里的高音喇叭响起来时它对着叫，驴叫是声音世界里的王，它要把这些外来的声音压下去。那时候驴还天真地认为这个世界是驴和人的。因为驴走到哪，都看见驴头和人头差不多一样多，路上驴的蹄印比人的脚印多，因为驴有四个蹄子。人家的院子也是一半住人，一半养驴。

可惜那是驴最后的末世盛况，被我赶上了。我亲身经历了毛驴被电动三轮车替代的全过程，我看着一群一群的驴被迁走，离开这个世界。

前段时间我去南疆乡下，已经很难看见驴、听见驴叫了。驴价却从以前的七百元一头涨到了一万多，只是家家户户都没有毛驴了。那些养了几辈子驴的人，没赶上驴值钱，错失了靠驴脱贫致富的机会。

已经被三轮车替换了毛驴的这些农家，似乎又开始怀念毛驴了。以前家里拴着驴，一进门驴会拿眼睛看，像亲人一样跟你打招呼，三轮车不会；驴养上一年能下一个小毛驴，家里面又多了一个丁，三轮车也不会。三轮车用两年就变成一堆废铁。

这只是我刚刚经历的过去，仅仅一二十年，毛驴这种动物便不见了，到哪看到的都是人。去南疆乡村大巴扎，依然的热闹拥挤，只是，以前人头挨驴头，现在只有人头挨挨挤挤。以前摊位间停着驴车，车辕上拴着驴，现在摆放着一模一样的电动三轮车。以前人的讨价还价声里，时有驴叫声参与。那是另一个叫价声，另一种生命的意见态度，另一双眼睛的价值衡量，也是另一颗心灵的默契对语。现在，只剩下人和人的吵闹嘀咕。

谁会在乎那头驴想什么

《捎话》中那头叫谢的小驴，并不是超乎我们平常经验的拟人化的驴，它是一位心怀万物有灵理念的作家笔下呈现出来的一头驴，也是在大地上拉着驴车、载着人、帮人干活、吃着粗草料的普普通通的毛驴。只不过这头驴的心灵从来没人关注过，谁会在乎家里那头毛驴怎么想事情。

我希望读者读到最后也仍然把它当成一头毛驴。我写了这头有神性的毛驴，是因为我相信驴是有神性的。我也希望通过阅读，让这头有神性的毛驴回到人间的毛驴群中，被大家重新认识，这也是我对一头驴的交代。

人不能证明人世的真实

我在想，当毛驴这样一个生命从我们生活中被牵走、被宰杀的时候，有没有人去想我们的生活少了什么？

当这样一个人驴共居的时代逐渐远去，当这块大地上不再有毛驴这样的生命，用它忧郁的眼神看着人世，看着人们忙忙碌碌、生生死死。当那头毛驴永远地闭上眼睛，这个时代就变成了一个孤独的人的世界。只有人在看人，人在听人说话，只有人在孤独地相互看见，相互爱，相互恨，相互遗忘。这样的人世是多么的荒谬。甚至没有另一个生命看见它、见证它。人的生活永远只被人看见，我们留在这个世间的永远只有人的证据。这样的一个世界是多么不真实。我们创造文字、创造科技、建立政权、建立一个又一个乡村城市，所有这些都只是人的。而人无法证明人世的真实。

我在《捎话》中，把千年前的一头毛驴又牵了回来，让它作为一句话，作为一部经书的承载者，被一个捎话人牵着上路，穿越漫长的时间空间，捎给今天的人们。

2019.4.9

《捎话》中的声音体系

天太空

新疆地大。人处在辽阔中，会感受到空，天和地都空，且寂。

有时候人的声音传不出去的。在戈壁荒野中喊一个人，明明看到人在前面，喊声却到达不了。在那样的空旷中，声音往上走，没有回声。人的喊声被天吸走了。天太空，什么声音都会被它吸走。

但更多的时候，又能听到远处的声音，因为大地寥廓寂静，远处的声音容易被风声带过来。能单独地听到一种声音，把一个声音辨别出来，铭记于心。

驴叫声有三层

《捎话》表层是人的战争，人为信仰而打仗，人的话语、念诵、厮杀、呻吟和喊叫，起伏于低矮尘土。

土从地表往上浮。风、驴蹄和人匆忙的脚步，把地上的沙土扬起来，天便成了土天。人的声音比沙土重，浮不起来。

人声稍高处是鸡鸣狗吠。

鸟的翅膀在鸡叫声的末梢停住，那是天地间称为半空的地方。人撕心裂肺的哭喊也能传到那里，但是很少。因为一旦有人的声音传上来，鸡鸣狗吠便会再上升，它们不愿意人声高过自己。

半空是一个界限，地上的尘土飘到这里停住，鸟叫和鸟的翅膀停住，往上冒的烟停住。那也是人世的边沿。人仰头望天时，望到这里便模糊了。但诵经的人，能望破这个界限，看见更高处隐约的天国。

天国和半空之间，是驴叫轻易穿过的虚空，也是地上的修行者心灵企望到达的境界。

《捎话》中的驴叫，是连天接地的声音之梯。一声高亢驴鸣，从地上的驴圈拔地而起，昂叽昂叽地，穿过人声和鸡鸣狗吠，穿过飘浮的尘土和鸟翅，穿过人心企望接近的虚空，直达天国的门槛。

地上匍匐的鬼魂、被炊烟和白杨树送到半空的鬼魂，纷纷攀缘着驴鸣的天梯直上天国。

驴知道自己的叫声连天接地，在一切声音之上，驴斜眼看人，蔑视地上的生灵。

《捎话》中人是驴的坐骑，地位比人低。但在声音世界里，驴鸣高高地骑在人声上面，在那里人是驴的驮畜。

这是一个有序的声音世界。

人声之上，万物的声音有形有色，密密麻麻的鸡鸣，如衲衣的细密针脚，“每个黎明的鸡鸣给王新寺衲一件声音的金色曼莎”。狗吠则是块状的，“汪汪的狗吠在朝远处扔土块”。

还有尘土和鬼魂的声音。每一粒土都是一个睡着的魂，等待驴蹄和躁动的人脚将其踩醒。地上的鬼魂一醒来，便想上天。

从大地上升起的一阵阵的驴叫声，如七色彩虹，顶天立地，朝天国递送鬼魂。

驴的魂却进不了天国，驴的生死都在地上。驴便在叫声里给自己造天国。

在《捎话》中，“驴的声音有三层，尘土里一层，驴蹄声传去的云里一层，驴叫声飙到天空里又一层。驴知道自己死后，要到驴叫声飙到的天空里生活”。这是驴的信仰。

小说中一头叫谢的毛驴，在因信仰而战争的两个国家间，完成了一趟路途遥远的捎话。

鸡先把毗沙城的天叫亮

鸡叫从一个村庄传到下一个村庄，下一个村庄的鸡再接着叫，往下下一个村庄传递。

大地在鸡鸣中,一片片地由东往西亮过去。

那些没有鸡叫的荒野上,天是黑的,也没有人。

鸡把天叫亮,便忙着在地上觅食虫子和草籽。天亮不亮是鸡说了算数。

每个早晨,鸡先把毗沙城的天叫亮,再依次把毗沙国的天叫亮。

然后,鸡鸣声越过边界,被黑勒国的鸡接住,往西边一路鸣叫过去。两个争斗百年、讲着不同语言、有着不同信仰的国家,鸡叫声一模一样,狗吠也一模一样。

狗吠声被下一个村庄的狗接住

狗从僻远边界的村庄叫起,一村庄的狗吠,汪汪地抛向夜空。

狗吠飘过荒野时变扁,成叶片儿,眼看落下时,被下一个村庄的狗接住,再往下下一个村庄吠叫。狗吠的形状和颜色被这些村庄的驴看见。一时间,所有村庄的狗依次叫起来,驴也叫起来。驴叫越过狗吠,在一个又一个村庄间高声传递。不到半夜工夫,密集的驴鸣狗吠,把边境一个村庄发生的事情,传到毗沙城。

在被驴鸣狗吠照亮的夜空下,骑驴奔跑的捎话人,将那个村庄发生的事,捎给隔了一片荒野的下一个村庄,下一个村庄的人接了话,骑另一头驴往下下一个村庄捎话,一夜间,骑驴人的话捎到毗沙城，和先传到的驴鸣和狗吠一起，证实国家边境有事了。

捎到的话已无人信

每一场战争都是收割人头的残酷劳动。战争将生命一刀两断，身首异处，黄沙淹没的茫茫戈壁上，头的魂在找身体，身体的鬼在找自己的头。所有语言不能到达。唯一捎到的话，是刻在毛驴谢皮毛下的经文，已无人信。

永远有一些话走在路上，仅仅是走在路上，没有接话的人，没有耳朵和心灵去倾听它，那些话空空荡荡走在风里，人不信的话，风会信，人捎丢的语言，都被风声收藏。

我相信自然中的各种声音都是可以相互对话的。尘土和风可以说话，风马牛可以说话，万物间本是通的，有完整的彼此呼唤的声音系统，写作只是找到那些灵通的语言。

2019.4.12

作家都是见过鬼的人

作家所写的，大都是现实世界已经发生、已成过去、早已死亡又被重新唤醒的那些东西。那不是“鬼”吗？

写作者是跟鬼魂打交道的人。作家塑造一个人物时，首先塑造的是“魂”，从过往年月、从黑暗时间、从尘埃、从睡梦、从幽深内心，把那个沉睡的魂唤醒来，赋予人形。找到魂，这个人物就活了。

文学艺术也是招魂术。

一部小说未写成时，所有人物皆是鬼魂。待完成后，所有鬼魂有了人形，皆成人物。

在《捎话》中人话和鬼话交替叙述，小说语言其实变成了两层，一层是库所经历和看见的一场一场人的战争，在地的表面，人世的浮层。每一场战争都是收割人头的集体劳动，战后缝合人头和驮尸首回家，成了皮匠和毛驴的活。另一层是毛驴谢所看见听见的鬼魂，那个由毗沙将领的身体和黑勒士兵的头错缝在一起的鬼魂妥觉，一路吵架，声音全传到毛驴谢的耳朵里。小说就这样平行叙述，人的喧嚣和鬼的吵闹，分别由库和谢叙述完成。在毛驴谢看来，人也是鬼，因为“人想事情时，心里有个鬼在动”。

到小说的前半部，头和身体错缝在一起的鬼魂逐渐地和谐、安静，悄无声息。库将毛驴谢成功地捎到敌对国黑勒的桃花天寺，刻在驴皮上的经文被发现，驴被杀。小毛驴谢死后，也变成鬼，附体在捎话人库的身体中。人驴合二为一，或者说人鬼合一，故事叙述仍然是两层语言，一层人话，一层鬼话。都在路上，远未捎到。

我在《捎话》中把死亡写得仔细漫长。无论人的还是毛驴的。我不想让死亡在生命断气的瞬间结束。所有的死我都创造了生，这个生在死亡漫长的过程中。死亡如花盛开。任何一个生命的终结，都有其巨大的响动与礼仪。民间把人临死前的过程叫“放命”。一个一日日地活过人世的命，一个有梦有感情、去过许多地方、看见天空和地平线、让自己的意识充满整个世界的顶天立地的命，他要放倒时，必也惊天动地。

但这被“放”的命远未了结，在生的最后一站，离开身体的气息被鬼魂接住。那鬼带着人世的余温，带着对人世的万般不舍与留恋，往另一世里走。

鬼是我们文化中对死亡的最伟大想象和创生，此生过完，变成鬼再活一程。这一程必定离人间不远，可以托梦回来，变成影子和不明响动回来，可以扭头回望。《捎话》里写了无数回过头来张望人世的鬼魂。

小时候最早听到的便是鬼故事，整个童年在鬼和人中间度过，关于鬼的传言无处不在。虽然从未与鬼照面，但是，那个从不照面的鬼，却是深藏于心。

那时一家人睡在一个大土炕上，晚上醒来，看见别人都沉睡，自己独自醒来，就害怕。尤其刮风夜，院子里全是不安的响动，感觉要出什么事情，整个世界就你一个人醒着，其他人都躲在梦里。你的恐惧暴露在外。那样心惊胆战的夜晚，挂在墙上的衣服是鬼，窗外风吹树枝的响动是鬼，鸟飞过房顶的声响是鬼，睡在身边与夜同黑的家人也仿佛是鬼。就想着赶快睡着，睡着就不害怕外面的响动了。可是，睡着梦见的人也都是鬼。

当我意识到自己一直在试图书写鬼、呈现鬼，甚至在自己生命中慢慢地把鬼认领出来的时候，我已经进入中年。俗话说，人生在世，两头见鬼。小时候见，老年见，迟早会见。

作家都是见过“鬼”的人。我们小时候有意无意中曾经和“鬼”相遇过。鬼这种无形的存在，让我们从小就知道，这个世界，除了眼睛所见，还有一种看不见的生活，不为我们所知。这些看不见、琢磨不透，又时常让人为之恐惧的东西，我们称之为“鬼”。

因为有早年的鬼教育，我不会简单地看这个世界，不会无所顾忌地去写人间的故事。我知道那些故事背后会有“鬼”。

当我去写一棵草，我知道它鲜嫩的草尖上，会有枯死在它根部的上一茬老草的魂。当我写一粒土时，我知道它会睁开眼睛看我。

鬼让我们的生活变得不一样，有了恐惧和神秘感。

恐惧感和神秘感，是成就一个作家的最大禀赋。这种感觉会让我们写出一个不仅仅是物质，还有灵魂的世界。

心怀恐惧和神秘，无论写什么，都不会简单地去对待所写的事物，你不能说我这样写就可以把一种生活呈现了。不是的。这段生活中还有“鬼”，更深层地存在着。许多的文学作品中看不到“鬼”，他们很自信地认为现实在其掌握之中，他可以把一切呈现得清清楚楚。但是，他没有写出生活中的“鬼”。

当一个作家认识到世间有“鬼”的时候，他书写的文学才不是表面的、人世浮层的。鬼让我们知道，这个世界不仅仅是眼睛所见、耳朵所听、触手可摸的，在它的阴影中，还有那些我们不曾看见、不曾听见，更有意义、更深层的存在。作家需要去写那个存在，那个时刻给我们以惊恐，让我们肃然起敬，让我们害怕、不可捉摸但又无法回避的精神的世界。

2019.4.8